KB047277

꽈배기의 멋

꽈배기의 멋

최민석 지음

북스톤

언젠가 천재도 노력해야 한다는 기사를 본 적이 있다. 젊은 시절 반짝거리던 천재의 재능이 빛을 잃는 순간, 자신의 인생도 깜깜해진다는 내용이었다. '아뿔싸!' 그때 나는 천재도 아니면서 빈둥대며 세월의 강에서 부유하고 있었다. 내 노트북에는 먼지가 쌓여가고 있었고, 손가락은 무뎌져 글 쓸 때의 격정적이고 역동적인 리듬을 잊어가고 있었다.

당시 내 손가락이 하는 일이라고는 맥주잔을 쥐고, 안주를 잡는 정도였다. 그 기사를 접하니, 어쩐지 다시 현역으로 복귀하고 싶은 운동선수의 심정이 되었다. 손가락을 늦은 저녁 문어 다리나 잡는 데 쓰지 않고, 이른 아침 피아니스트가 연주하듯 타자를 치는 데 쓰고 싶어졌다.

하여 나는 또 한 번 매주 글을 쓰기로 했다. 작가는 좋은 평가에 목매는 사람이 아니라, 걸작이든 졸작이든 꾸준히 쓰는 사람이니까. 몸 상태는 엉망이었지만, '최고의 때'는 '하고 싶은 때'라는 말을 믿기로 했다. 마침 〈뉴요커〉 지에서 '한국 젊은 작가의 신선한 글을 기대한다!'며 내게 이메일을 보내주는 기적 같은 일은 당연히 일어나지 않았으므로, 이번에도 혼자서 써서 홈페이지에 게시를 했다. 2년 전처럼(이때의 글은 1권 《꽈배기의 맛》에 있습니다).

그사이 꽤 많은 독자들이 내 홈페이지에 방문해 애독하고 격려해주었기에, 적어도 몇몇 독자쯤은 반겨줄 줄 알았는데, 그런 일은 〈뉴요커〉 지가 내게 청탁을 하지 않은 게 자연의 법칙처럼 당연했듯 일어나지 않았다. 나는 그야말로 '아, 이거 참… 쩝. 쩝' 하는 심정으로 혼자서 다시 글을 썼다. 그러다가 비록 〈뉴요커〉 지는 아니지만 영국의 〈인디펜던트〉 신문 서울 지국장이 내 글을 읽어보고 본사에 소개하고, 런던의 데스크에서 영어로 번역된 내 글을 돌려가며 읽은 후 '웁스. 디스

이즈 더 베스트 오브 더 월드!' 하며 모두 기립박수를 친 뒤 나를 런던에 초청해 함께 런던프라이드를 마시며 기고하기로 한 일도 마찬가지로 일어나지 않았지만, 〈대학내일〉이라는 한 희생적이고 혁신적인 주간지에서 내게 청탁을 했다. 하여, 본의 아니게 대학생들이 내 독자가 돼버렸다.

물론, 그렇다 해서 내 글이 딱히 바뀐 건 없다. 그저 줄곧 써온 대로, 나만의 방식대로 계속 썼다. 만약 조금이라도 글이 바뀌었다면, 그건 독자나 매체의 영향이 아니라 나라는 사람이 바뀌었기 때문이다. 시간은 누구에게나 동일하게 적용되므로, 한 명의 자연인인 나 역시 시간에 이리저리 치였다. 좋든 싫든, 원하든 원치 않았든, 그동안 생각도, 삶도, 성격도 조금씩 바뀌었다. 이런 말은 어울리지 않을지 모르겠지만, 성장하(려다가 늙)고, 회의하고 실패하기도 했다.

몇 년간 같은 방식으로 글을 쓰며 내 변화를 스스로 지켜본 뒤 한 생각은 두 가지다.

첫째, 사람은 변화에 무력한 존재이니, 기왕 변할 것이면 좋게 변하자.

둘째, 내가 변하듯 독자도 세상도 변할 테니, 함께 좋은 방향으로 변해 같이 성장하고 늙어가자.

이 두 가지만 이뤄진다면 스포츠카 열 대를 가지는 것보다 나을 것이다.

(물론, 11대라면 생각이 좀 바뀌겠지만….)

차례

꽈배기의

멋

　1권에 꽈배기에 관해 썼으니, 이번에도 꽈배기에 관해서
하나.

　이쯤이면 독자들의 원성이 들려온다. 1권 제목이《꽈배기의
맛》이니,《꽈배기의 멋》으로 끼워 맞춰 한 편 더 쓰려는 거
아니냐는 지탄 같은데, 정확합니다. 아래 글은 분명히 1권 제
목에 맞추기 위해 쓴 글입니다. 따라서 조금 오버하긴 했습니
다. 하지만, 저는 글에서 내용만큼 중요한 것이 바로 형식이라
여기고 있습니다. 비록 시는 아니지만, 산문 역시 한 편의 잘
짜인 시처럼 리듬감이 있고, 제목이 서로 조응하고, 내용 역시

일맥상통하는 것이 좋은 글이라 믿고 있습니다. 그러므로 비록 오버하긴 했지만, 욱여넣어서라도 형식에 맞춘 제 노력을 가상히 여겨서 읽어주시면 고맙겠습니다. 전편과 비슷할지 모르겠지만, 다른 면이 확실히 있으니까요.

세상에는 많은 빵이 있다. 건강에 좋은 빵, 달지 않은 빵, 유기농 빵, 장인이 만든 빵, 오래 숙성시킨 깊이 있는 빵. 행인지 불행인지, 꽈배기는 어디에도 속하지 않는다. 심지어, 가끔은 빵인지 헷갈릴 때도 있다. 계속 먹다 보면 빵이라 하기에는 과자 같기도 하고, 어떨 때엔 튀김 같기도 하다. 그럼에도, 분류하자면 꽈배기는 빵에 속한다. 빵으로서 엄연한 하나의 위치를 차지하고 있다. 비록 '꽈배기'라는 조금 우스꽝스러운 이름으로 불리지만.

도서관에도 여러 종류의 책이 있다. 감동을 주는 책, 위로하는 책, 사색으로 인도하는 책, 독자를 응원하는 책. 어떤 책은 부자가 될 수 있다 하고, 어떤 책은 마음의 부자가 될 수 있다 한다. 또, 어떤 책은 자신을 펼치면 인생을 알 수 있다고 한다. 나는 어느 날 도서관에서 이 무수한 책들에 둘러싸여 생각했다. 이 도서관의 서가 어디에도 속하지 않는 글을 쓰고

싶다고. 눈물을 흘리길 기대하지도 않고, 웃어달라고 애원하지도 깨달아보라고 주장하지도 않는 글을 말이다. 폼은 나지 않고, 꽤 부족해 보이겠지만, '나만의 글'을 써보고 싶었다. 꽈배기처럼 '장인 대접'받지 못하고 때론 무시받더라도, 자기만의 온전한 위치를 차지한 글을 쓰고 싶었다.

문학이라는 세계는 걷다 보면 포기하고 싶을 만큼 끝없이 넓다. 하지만 글을 쓰는 해가 길어질수록 이 넓은 세계에서 나만의 자리 하나 차지하는 게 얼마나 어려운 일인지 절감하고 있다. 광대한 사막에서 정착하기 어려운 것처럼, 드넓은 문학의 세계에서 작은 자리 하나 차지해 정착하는 것은 오아시스를 발견하는 것만큼이나 벅찬 일이다. 그것이 비록 꽈배기 좌판만 한 자리일지라도.

하여 내가 바라는 글은 명문도 아니고, 미문도 아니다. 심금을 울리지 않더라도, 꽈배기처럼 나만의 온전한 성격과 선명한 색깔이 담긴 글이다. 잘하고 있는지는 모르겠지만, 이 생각을 품고 꾸준히 쓰고 고치다 보면, 어느 날 내 글을 보고 스스로 '음. 꽈배기 같군' 하는 날이 올지도 모르는 것이다.

다시 말하자면, 꽈배기는 유기농을 넘보지도, 장인 위치를 기웃거리지도 않는다. 확실히 자기 자리에 버티고 서서, 고운 갈색과 흰 설탕이 눈처럼 박힌 자태를 내보일 때까지 뜨거운 기름과 간지러운 설탕을 견뎌낼 뿐이다. 부끄럽지만, 나는 이게 '꽈배기의 멋'이라 생각한다.

사인회에

대하여

 이 글은 일본의 퓨전재즈그룹 에고래핑Ego-Wrappin의 〈밀물
의 로망스満ち汐のロマンス〉란 곡을 들으며 쓰고 있다. 이 음악은
어디로 튈지 모를 정도로 급박하게 전개된다. 듣다 보면 조바
심이 난다. 그럼에도 불구하고 나는 꿋꿋이 이 글을 쓴다. 따
라서 행여 전개가 이상하다고 여겨진다면 그건 모두 에고래핑
탓임을 밝혀둔다(잊었는가? 나는 남 핑계대길 즐기는 신인이다).

 사인회라는 걸 세 번 해봤다. 세 번 다 교보문고에서 했는
데, 두 번은 광화문점, 한 번은 강남점에서 했다. 독자일 때는
간혹 서점에 갔다가 사인회를 한다는 광고를 보면, '과연 어느

누가 사인 한 장 받으려고 몇 십 분 동안이나 줄을 선단 말이야!'라고 생각했는데, 막상 내가 사인회를 하게 되니 줄을 서줄 사람들이 간절히 필요하게 됐다. 나 같은 23세기형의 작가를 위해 줄을 서줄 눈 밝은 독자는 아직 극소수라는 생각에 나는 몇 번이나 출판사 사장에게 시기상조라고 읍소했으나, 사장은 아랑곳하지 않았다. 오히려 무슨 배짱인지 자신감에 잔뜩 부풀어 올라 "최 작가! 반드시 성공할 거야. 걱정 말라고! 안 되면 우리 직원들이라도 줄 서게 할 테니 말이야!"라고 외쳤는데, 결국 직원들이 줄을 서게 됐다. 출판사 직원들은 화창한 토요일에 '왜 이따위 무명작가를 위해 줄을 서 있어야 하느냐'는 표정으로 팔짱을 낀 채 선두에 서서 나를 응시하고 있었다. 그 표정은 '을'이 아니고서는 도저히 지을 수 없는 분노의 표정이었다. 때문에 나는 직원들이 오면 한 명 한 명에게 "이거 죄송하게 됐습니다"라며 연신 사과를 할 수밖에 없었다. 물론, 사인회에 출판사 직원들만 온 건 아니다. 사인회에 아무도 오지 않을까봐 걱정한 부모님께서 지인들에게 연락을 과도하게 해서, 사인회는 본의 아니게 부모님 지인들 잔치가 돼버렸다. 당일 서점에 들어서니, 라인의 선두에 잔뜩 일그러진 표정의 출판사 직원 네댓 명이 서 있고, 그 뒤로 마치 어촌마을의 잔칫집처럼 부모님 지인들이 웅성거리며 줄을 서 있었다. 서점에는 이런 대화가 오갔다.

A 야. 이거 오랜만이군. 자네 딸은 시집갔는가?

B 그러게. 지난 번 결혼식 때 보고 처음이잖아. 아, 딸내미
는 그대로지. 뭐.

A 아, 그럼 잘됐네. ○○ 아들내미 책도 냈다잖아. 그거 한
권 쓰윽 주며 물어봐봐.

B 어허. 그럴까?

라고 해서 내 앞에 오는 B 어르신은 방그레 웃으며 "'아름
다운 ○○님께'라고 부탁해. 어. 맞아 우리 딸이야"라며 책을
내미는 광경이 연출됐다.

물론 고맙게도 200년쯤 앞서나간 나의 문학성을 일찍 알
아봐준, 즉 시대의 무지로 인해 수면에 떠오르지 않은 내 예
술성을 일찌감치 눈여겨본 혜안의 소유자들도 몇몇 와주었
다. 그러나 거대한 바닷물이 썩지 않기 위해 필요한 소금의 양
이 아주 적은 것처럼, 이 시대를 썩지 않게 하는 혜안의 소유
자들 역시 극소수에 지나지 않았다. 따라서 그 외에는 대부분
지인이었기 때문에 사인하고 있는 나의 어깨를 툭 치고 지나
가거나, 큰 소리로 "이야. 이제 이런 것도 하는군!" 하며 나를

더욱 난처하게 만들었다. 어떤 사람은 "거. 왜. 사람 오가기 힘들게 광화문에서 하는 거야? 강남에서 하라구. 강남에서"라고 해서, 그다음 주에 강남에서 사인회를 했는데, 그는 오지 않았다. 어차피 오지 않을 거면서 어디서 하라고 왜 요구했을까. 결국, 나는 허탈한 마음에 두 번의 사인회를 끝으로 출판사 대표에게 사인회를 그만하자고 했다.

그리고 최근에 신작을 낸 다른 출판사의 요청으로 어쩔 수 없이 또 한 번 사인회를 했다. 이번에야말로, 정말 더 이상은 못 하겠다는 생각을 굳혔다. 물론 몇 분의 독자들이 와주긴 했지만, 이번에도 역시 "아. 글쎄. 민석이 사인회를 와야 다 만난다니까! 빨리 끝내고 가서 한잔 하자구. 한잔! 한잔!" 하는 소리가 여기저기서 들려와 난감하기 짝이 없었다. 혹은 "아, 그 집은 안 돼! 안주에 영혼이 없어!" 따위의 격렬한 대화를 배경으로 묵묵히 사인을 할 수밖에 없었다. 게다가 무슨 영문인지 한 원로 배우가 내게 사인을 받더니, 내 옆에 의자를 하나 툭 놓고선 사인펜을 꺼내 사인을 하겠다는 게 아닌가. 이 배우는 온 국민이 모르는 사람이 없을 정도로 유명한 사람이라 폭넓게 보자면 예술계의 선배이며, 동시에 인생의 대선배인지라 나로서는 말릴 수도 없는 노릇이었다. 하여, 땀을 흘리며 그 상황을 지켜볼 수밖에 없었다. 독자들도 꽤나 어리둥절한 얼굴이 되어 내 소설책에 나와 원로 배우의 사인을 차례로 받아갔다. 상당수의 독자는 내 사인만 받고 돌아갔는데, 그럴 경우 배우 선생은 아랑곳 않고 물을 마시거나, 선물용 포스트잇을 나눠주며 "그럼 나랑 찍을 거야?"라는 질문도 하곤 했다.

내 입장에선 전혀 예상치 못한 일이라 당황스러웠지만, 그래도 나를 돕고자 신경써주신 게 고마워 사인회가 끝나고 인사를 드리려 하니 어디론가 사라져버리고 없었다. 집에서 TV를 볼 때 그녀가 나오면 '도대체 왜 그랬던 걸까?'라는 생각에 시간이 매우 빨리 간다. 혹시 다음에 만날 기회가 있다면 꼭 물어보고 싶지만, 그럴 기회가 올지는 모르겠다. 아무튼, 이런저런 경험을 하며 내린 결론은 아무래도 피치 못할 사정 — 즉 '최민석이 사인회를 하지 않으면 미사일을 발사하겠다'라는 알케에다의 협박 따위 — 만 없다면 앞으로는 사인회는 하지 않을 생각이다. 올 사람도 없거니와, 오는 사람들은 군이 내 사인회에 오지 않더라도 결혼식장이나 장례식장에서 서로 안부를 주고받으며 만날 테니까 말이다.

추신 : 이때까지 제 사인회에 오셔서 안부를 주고받으신

분들은 가까운 지인의 결혼식장이나 장례식장을 찾아주시기 바랍니다. 아울러 인사도 제대로 못 드린 K 선생님, 고마웠습니다.

기욤 뮈소에

관하여

이 글은 결코 험담하려고 쓴 건 아니니, 부디 오해 마시길.
그럼, 시작.

프랑스 출신 기욤 뮈소는 굉장히 흥미로운 작가다. 왜 군이
프랑스 출신을 언급했느냐면, 내가 가지고 있었던 프랑스에
대한 이미지는 굉장히 탐미적이고, 예술적 허세로 가득했기
때문이다. 즉, 프랑스 소설을 읽는다는 것은 손에 잡히지 않
는 줄거리를 맹인이 벽을 더듬듯 한 문장씩 짚어가면서 읽는
것이었다. 프랑스 영화를 본다는 것 역시 두세 시간쯤 세상과
완전히 단절된 채, 속세에 도움이 되지 않는 형이상학적 고민

을 하고 나온다는 걸 의미했다. 적어도, 내게는.

그런데, 이 '기욤 뮈소'라는 작가는 상당히 달랐다. 과연 한
국에서 태어나 순수문학 작가를 꿈꿨다면 '등단이나 할 수
있었을까' 걱정될 정도다. 이런 말은 좀 뭣하지만, 추측건대 등
단조차 할 수 없는 작풍을 구사한다.■ 일단, 소설의 모든 서사
가 철저히 로맨스에 국한돼 있다.■■ 당연히 작가라면 로맨스
외의 다른 세계에도 관심을 가질 법한데, 로맨스 외엔 가치가
없다는 듯이 철저히 무시한다. 무시라고 하는 건 좀 심한 것
같아서 표현을 고치자면, 로맨스에만 집착하듯 돋보기를 갖다
댄다.

어쨌든, 나는 예전에 서점에 갈 때마다 탑처럼 쌓여 있는
기욤 뮈소의 책을 보며, '도대체, 어떤 책이기에 저토록 서점
천장을 향해 올라갈까?' 생각했다. 하지만, 매번 표지가 마음
에 들지 않아 사볼 생각조차 않았다. 따지고 보면, 별 대수롭

■　이후에 그의 작품을 계속 읽어보니, 순수문학에 아예 관심이 없다는 걸 깨달았다. 그는 장르 소설에
　　상당한 애정을 지닌 듯했고, 그러한 작품만 써왔다. 그러니, 그가 한국에서 태어나더라도 순수문학
　　으로 등단 따위를 할 필요는 없을 것이다. 그나저나, 나는 이런 걸 왜 이렇게 자세히 쓰고 있는가.
■■ 이 역시 이 글을 쓸 당시에는 이러했으나, 이후에 그는 자신의 작품세계를 넓혀 현재에는 스릴러 작
　　가로서의 면모도 멋지게 발휘하고 있다. 파이팅.

지도 않은 걸 가지고 내켜 하지 않은 셈이다. 하지만 그럼에
도 불구하고, 표지는 80년대 후반 여고 앞 문방구에 파는 엽
서 삽화 같은 느낌이었다. 아무리 좋게 봐줘도, 90년대 초반의
껌종이 같은 분위기였다(혹시 '아카시아 껌'이라고 기억하실는지).
이런 사소한 이유로 '펼쳐보면 결국은 흔한 애정찬가일 거야'
라고 생각하며 외면했다.

  그런데 작년 가을, 아는 동생이 연출하는 라디오 프로그램
에 출연해달라는 부탁을 절절하게 받았다. 방송국이 집에서
멀고, 마감도 잔뜩 밀려 있어 난처했지만, '뭐, 부대끼며 사는
게 다 그런 거지' 하는 맘으로 출연하기로 했다. 이 프로그램
은 베스트셀러를 낭독하는 방송인지라, 어쩔 수 없이 책을 한
권 읽어야 했다. 그때 읽은 게 바로 기욤 뮈소의 《내일》이었
다. 역시 표지는 내 취향에서 약 십억 광년이나 떨어져 있었지
만 '그래, 이참에 한 번 읽어보자!'는 생각으로 읽었는데, 아니
나 다를까, 생각과는 굉장히 달랐다. 보기에는 감수성 예민한
여고생들이나 읽을 법한 로맨스 소설 같았는데, 막상 읽어보
니 상당히 제멋대로 쓰인 막장소설이었다. 어느 정도였느냐면,
기본적으로 항상 과거와 현재를 오가며, 죽은 아내가 알고보
니 바람을 피우고 있었고, 그 아내가 바람을 피운 상대는 또

알고보니 (거의 '스티브 잡스'임을 암시하는) 컴퓨터 재벌이었다. 게다가, 컴퓨터 재벌인 이 불륜남은 불치병을 앓고 있는데, 그 불치병 환자에게 필요한 혈액의 보유자는 바로 주인공이었다! 나중에 알고보니, 죽은 아내는 러시아 여자였다. 물론, 주인공은 미국인이고, 극중 이야기의 배경은 뉴욕.

나는 '아니, 프랑스에 이런 작가가 있단 말이야!' 하며 굉장히 반갑게 읽었다. 브라질이나 스페인의 이야기라면, '음. 그럴 수 있지. 어차피 소프 오페라soap opera의 나라인걸' 하며 읽었을 테지만, 프랑스인지라 몹시 생경하면서도 반가웠다. 뭐랄까, 인류보편적인 극단성의 경향을 읽었달까. 어쨌든, 반가웠다. 그 후, 이런저런 마감에 치여 정신없이 살다가 최근에야 또 한 권,《당신, 거기 있어 줄래요?》를 읽었다. 이번에도 역시나 과감한 이야기였다.

이 책에서는 주인공이 알약을 먹으면 30년 전으로 돌아간다. 그래서 과거의 자신을 만나 대화도 하고, 심지어 말다툼도 벌인다. 죽어버린 옛 애인도 몰래 훔쳐보고, 과거도 슬쩍 바꿔버린다. 물론, 어째서 알약을 먹으면 과거로 돌아갈 수 있는지에 대해선 전혀 설명하지 않는다. 주인공은 그저 '우와! 신기한데!' 하며 놀랄 뿐이다. 그러니, 독자로선 더 놀랄 수밖에.

참으로 간단하게 쓴다 싶지만, 참으로 과감하게 쓰는 것이다. 알약 하나 먹고 과거로 슬쩍 가버리고, 중고 노트북으로 이메일을 보내면 그 편지가 과거 노트북 주인에게로 간다는 설정은 황당하지만 역시 재밌다. 아마, 한국에 와서 아침 드라마 작가로 활동하면 떼돈을 벌 것 같다.

*

기욤 씨. 한번 오세요. 한국 주부들이 틀림없이 좋아할 겁니다.

블루문 특급과
레밍턴 스틸

나는 '전혀'라 해도 무방할 정도로 드라마를 보지 않는다. 십 년 전까지 한국 드라마는 1년에 한 시즌 정도는 챙겨 봤지만, 현재는 아예 보지 않는다. 어느 순간부터 영화보다 상대적으로 많은 잉여의 장면과 밀도 낮은 대사들에 지쳐버렸기 때문이다. 그런 탓에 내게 괜찮은 드라마라고 인식돼 있는 것은 거의 모두라 해도 좋을 정도로 오래된 작품 일색이다. 누구에게나 첫사랑, 첫 여행, 첫 결혼(아, 이건 아닌가?)이 기억에 깊이 남듯, 내게도 첫 외화가 가장 깊이 남아 있다.

잠깐 다른 이야기! 어린 시절의 나는 9시 뉴스가 시작되면

나오는 시보, 즉 '착한 나라의 어린이는 일찍 자고 일찍 일어
납니다'라는 화면을 보자마자 마법에 걸린 것처럼 곯아떨어져
버렸다. 노란 초승달에 기대어 쿨쿨 자고 있는 아기천사의 모
습을 보면 나도 모르게 일순 혼절해버려, 눈을 뜨면 아침이
돼버리는 식이었다. 특별히 일찍 자고픈 욕구는 없었지만, 그
시보를 알리는 성우의 목소리와 날개를 매달고 쌔근쌔근 자
는 아기천사의 자태엔 초등학생인 내가 거역할 수 없는 주술
적 힘이 있었다. 이 때문에 볼 때마다 당하고 말았다. 나는 이
상황이 매우 억울했는데, 왜냐하면 그때 밤 10시엔 KBS에서
〈A특공대〉라는 외화를 방영했기 때문이다. 친구들과 형, 누
나들이 모두 〈A특공대〉의 놀라운 세계에 대해 열변을 토할
때면 조용히 마음속으로 아기천사를 향해 저주의 단칼을 던
질 수밖에 없었다.

　이런 탓에 내게 '처음'이라 할 만한 외화는 중학교에 입학하
고 난 후에 본 〈블루문 특급〉이었다. 비평준화라는 지방소도
시의 경쟁체제 하에서 야간 보습학원을 다녀야 했던 나는 드
디어 밤 9시의 주문에서 가까스로 벗어나, 밤 10시에 TV를 볼
수 있는 이른바 '청소년'이 되었다. 그리고 내 청소년 시기의 첫
환영자는 브루스 윌리스와 시빌 셰퍼드였다. 나는 당연히 어렸
고, 브루스 윌리스도 젊었다. 어느 정도였냐면, 브루스 윌리스

의 머리숱이 매우 풍성해 머리를 넘길 수 있을 정도였다(나는 잠시 묵념을 취하고 돌아왔다. 이런 문장은 쓰는 이에게나, 읽는 이에게나 슬프지 않을 수 없다). 어찌됐든 '마치 호랑이 담배 피우던 시절'의 이야기처럼, '브루스 윌리스 머리숱 풍성하던 시절'은 비현실적인 느낌이 들지만, 그 시절의 〈블루문 특급〉도 중학생인 내게는 비현실적인 현실 그 자체였다. 오프닝 곡인 알 자로 Al Jarreau의 〈문라이팅〉이 울려 퍼지면 9시 시보의 주술세계에서 가까스로 벗어난 나는 이번엔 태평양 건너 사립탐정의 세계로 빠지고 마는 것이었다. 당시의 브루스 윌리스는 남자들이라면 누구나 한 번쯤 흉내 내봄직한 매력적인 비웃음과 위기의 상황에서 반드시 등장하는 미국인 특유의 허세 섞인 유머를 구사했는데, 나는 '하아, 이런 게 있나?' 하며 봤다. 간혹 위스키를 마시는 브루스 윌리스 덕에 수학문제를 풀면서도 '크면 반드시 안락의자에 기대 야경을 보며 위스키를 마실 테야' 하며 결심하기도 했다.

정확히 기억나진 않지만, 어느 순간 〈블루문 특급〉이 종영돼버리고 볼 만한 사립탐정물이 없어졌을 즈음, 기다렸다는 듯이 〈레밍턴 스틸〉이 방영됐다. 몇 년 늦게 수입된 탓에 유행에 뒤처진 느낌이 있긴 했지만, 나팔바지를 입은 젊은 피어스 브로스넌은 매력 그 자체였다. 게다가, 그 시절의 나는 여주인공인 '스테파니 짐발리스트'를 짝사랑했다. 이 무슨 인종, 국경, 나이, 신분을 초월한 사랑인가. 상대는 할리우드의 스타, 나는 한국의 중소도시 까까머리 고교생. 이런 불공평하고 억울한 출발이 어디 있단 말인가, 하고 한탄했지만, 생은 원래 그런 것 아닌가. 그저 나는 '빛과 소금'의 〈샴푸의 요정〉을 들으며 마음을 달랠 수밖에 없었다(가사의 시작이 이렇다. '네모난 화면 헤치며 / 살며시 다가와 은빛의 환상 심어준 / 그녀는 나만의 작은 요정').

　그러다 나는 어느 순간 〈블루문 특급〉과 〈레밍턴 스틸〉을 비교하게 되었다. 이렇게 양분하긴 좀 그렇지만 대략 쓰자면, 〈레밍턴 스틸〉은 보수적이고 〈블루문 특급〉은 진보적이다. 즉, 〈레밍턴 스틸〉의 두 캐릭터는 매우 안정적으로 매력적이고, 특별한 사정이 없는 한 이야기의 범위가 현실을 벗어나지 않는다. 언제나 편안한 마음으로 기대한 것을 눈으로 확인하며 감상할 수 있다. 반면 〈블루문 특급〉의 두 캐릭터는 어디로 튈지 알 수 없으며, 시빌 셰퍼드는 전통적 관점의 미인이라 보기엔 약간 무리가 있고 브루스 윌리스 역시 (당시 머리숱이 풍성했음에도 불구하고) 모두가 인정할 만한 미남은 아니었다. 동시에 배경 역시 갑자기 셰익스피어 시대로 전환되어 중

세 복장을 한 두 주인공이 이야기를 펼치는 등, 예측 불가능한 방식으로 전개된다. 불안하다면 불안하지만, 또 어떤 뜬금없는 방식이 펼쳐질까 기대하면서 보게 된다.

어쩌다 보니 나는 9시 시보의 주술을 벗어나, 태평양 건너의 사립탐정의 세계를 지나, 보잘것없는 이야기지만 소설을 쓰며 살게 됐다. 소설을 쓸 때면 간혹 나는 자문한다. 과연 이 이야기는 '블루문 특급적'인가, '레밍턴 스틸적'인가, 하고 말이다.

홈쇼핑에 대하여 1
— 전동드릴과 평화의 강림

요즘 들어 불면에 시달리고 있다. 이는 '과연 문학계의 혁명이 될 작품을 내 손으로 써낼 수 있을까' 하는 부담감과 '아무려면 어떤가? 어차피 쓰는 행위 자체에 기쁨을 느끼면 되지 않는가' 하는 자족감 사이의 갈등 때문……은 아니고, 망할 아랫집 소음 때문이다. 아랫집 녀석들이 밤마다 산소를 흡입하듯 알코올을 주입하고 괴성을 질러대니, 도무지 잠을 잘 수 없다. 게다가 이산화탄소와 타르에 알카로이드까지 함유된 담배연기를 내 침실 창가로 마구 뿜어 올려대니 불면의 늪에 빠져 허우적대고 있다.

어제도 어쩔 수 없이 더 큰 소음으로 녀석들의 소음을 눌러 상황을 모면하고자 TV를 켰다. 그런데 무심코 켠 TV화면에서 나는 그만 신체가 얼어붙는 듯한 경이를 느끼고 말았다. 커다란 TV 화면 속에 오랫동안 구매를 고민해온 '무선 전동드릴'이 힘차게 돌아가고 있는 게 아닌가! 40인치 화면을 가득 채운 전동드릴이 웅장한 기계음을 내며 광속으로 제 몸을 돌리며 어서 자기 주인이 되라고 웅변하는 그 설득적인 장면을 지켜보는 순간, 나는 그만 리모컨을 떨어뜨릴 뻔했다. 마침, 며칠 전에는 단골 카페인 커피 발전소 사장이 책장을 제작한다면서 자신의 고가 전동드릴을 꺼내, 내 앞에서 장장 20여 분에 걸쳐 온갖 첨단 기능을 뽐내며 설명하는 바람에 열패감과 부러움에 젖어 있던 차라, 이 전동드릴이면 오히려 내 쪽에서 열패감과 좌절감을 안겨줄 수 있겠다는 생각마저 들었다. 그러다, 여성 쇼호스트가 묵직한 전동드릴을 작동하며 매우 만족한 듯 고혹적인 미소를 지으며 "남자가 말이죠. 이런 걸 들고 책장을 짤 때, 진정 지성미과 야성미, 그리고 성실함까지 갖춘 3박자의 매력남으로 보여요"라고 호호호 웃으며 말할 때, 나는 이미 080으로 시작되는 자동주문번호를 전화기가 부서져라 힘차게 눌러대고 있었다. '나도 지성미와 야성미와 성실함을 갖춘 남자로 거듭나고 싶단 말이야!'라며 내면으로 울부

짖듯이 자동주문을 마쳤고, 그 와중에 관대한 '팀앤브라운'
사의 무이자 10개월 할부와 자동주문 천 원 할인에 깊은 감
복을 느꼈으니, 어제 새벽 나의 행복감은 대기권을 뚫고 성층
권까지 도달할 지경이었다.

나는 행복에 겨워 오랫동안 느껴보지 못한 늪과 같은 평
안에 흠뻑 젖어 그야말로 고요 그 자체의 수면으로 빠져들었
다……에서 이야기가 끝난다면 매끄럽겠지만, TV를 끄니 또
다시 녀석들의 취기 섞인 소음이 내 방을 침입해오고야 말았
다. 그러나 나는 더 이상 괴로워하지 않았다. 이틀 후면 녀석
들의 소음에 대처할, 즉 이 빌라 전체에 천만 개의 구멍을 뚫
고도 남을 초강력 무선 전동드릴이 내 손에 쥐어질 것이기 때
문이다. 이제, 녀석들은 소주잔으로 건배하는 미세한 음을 내
더라도 건물이 붕괴될 듯한 굉음을 화답으로 받을 것이다.

*

아랫집 소음은 윗집 하기 나름이에요. 호호■

■   이래놓고 사용하지 않았다. 나는 호구인 데다. 사용법이 너무나 어려웠던 것이다.

나비넥타이와
품격

데뷔 직후 '인터뷰 따위는 하지 않겠다'고 결심하고 지인들에게 선언한 뒤, 그 결심을 굳건히 지켜왔다(라기보다는 인터뷰 요청이 전혀 없었다. 어찌됐든 결과적으론 지켜온 셈이다). 그런데 최근 들어 부끄러운 책을 또 한 권 세상에 내놓게 되었는데, 이번 출판사는 홍보를 꽤나 열심히 하는지라 여기저기 불려 다니며 인터뷰를 하게 되었다. "아니, 어째서 데뷔 초에 했던 결심을 잊어버리고 그토록 쉽게 타협하느냐"고 따지신다면, "네. 그렇습니다. 제 결심을 기억하는 사람은 저밖에 없었습니다." "아니, 그래도 자신이라도 기억하고 있다면 지켜야 하는 게 아니냐"고 따지신다면, "네. 저는 이렇게 조변석개하는 인간입니다(아시지 않습니까)."

어찌됐든 '거 참, 일정이 많기도 하군' 하며 속으론 투덜대면서도 겉으로는 "불러주셔서 감사합니다"라며 노예 같은 웃음을 지으며 잘도 다니고 있다. 사실 질문도 대부분 같은 것이라, 어쩔 수 없이 같은 대답을 하고 있지만 지겹더라도 매번 새로운 질문이라는 식으로 고개를 주억거리며 처음인 양 대답하고 있다(물론, 몇 번 거짓말을 하기도 했습니다. 재미있게 읽은 소설이 뭐냐는 질문에 없는 작가의 본격 성애소설을 즉석에서 지어내 대충 둘러대기도 했습니다). 나는 이런 일에 대해선 시작하기 전엔 이래저래 까다롭게 따져보고 가급적이면 피하려 하지만, 막상 어쩔 수 없이 해야 되는 상황이 되면 잘도 굽신거리며 비위도 맞춰주는 편이므로 군소리 없이 다니고 있다. '불필요한 마찰은 일으키지 않는다'라는 게 나의 신조라면 신조이므로, 쥐구멍에 숨고 싶을 만큼 부끄러운 일이 아니라면 '이게 글로 밥 먹고 사는 사람의 숙명인가' 하며 체념하듯 받아들인다. 아무튼 지금까지는 신념상 거부했던 단 한 건의 인터뷰를 제외하고는 관심 갖고 연락해준 사람의 성의를 생각해서라도 꼬박꼬박 응해왔다.

그런데 며칠 전 꽤나 난감한 제의가 하나 왔다. 한 남성지와의 인터뷰였다. 이 월간지는 남성지가 아니라 자칭 '남자지男子紙'라는 꽤나 도발적 표현을 쓰는 매체였다. 게다가, 매월 표지모델로 선정된 남자들이 하나같이 상반신을 노출해 자신들의 근육질 몸매를 과시하는 창구 같은 잡지였다. 나는 속으로 '이젠 나한테 벗기까지 하라는 건가!' 하며 난처해했지만, 일단은 담당 기자에게 "저는 식스팩 따위는 없습니다" 정도로 차분히 말했다. 그러나 담당 에디터가 "선생님은 영혼의 식스팩을 가지고 계시니 문제될 게 없습니다"라고 응수해, "거. 참. 그러면……" 하며 커피숍에서 만났다. 우리는 심도 깊은 문학적 대화를 나눴는데, 담당 기자는 호기심 어린 눈빛으로 나의 작품 세계와 문학적 가치관, 아울러 나만의 창작법 같은 것을 꼼꼼히 물었고, 그런 게 있을 리 만무한 나는 당황한 기색을 감추고 즉석에서 말을 지어 둘러댔다. 그럼에도 불구하고 기자는 녹음까지 하며 성실히 인터뷰를 주도해가니, 이거 참 되레 미안한 마음이 들 지경이었다.

그런데 문제는 인터뷰가 끝난 후 사진 촬영을 해야 한다며 데리고 간 스튜디오에서였다. 나는 몹시 당황했는데, 이것은 알고 보니 '나비넥타이 특집 인터뷰'였던 것이다. 작가에게 나비넥타이라니! 작가에게 나비넥타이라니! 체제를 거부하고,

기존의 질서에 저항하고, 새로운 생각과 삶의 형태를 추구하는 작가에게 전통을 지키는 차원을 넘어, 보수적이고 고루한 인상을 주는 나비넥타이라니! 일반 넥타이도 매지 않는데 말이다.

나는 한껏 풀이 죽은 채 기자가 안내한 곳으로 갔다. 옷걸이에 잔뜩 진열된 색색의 나비넥타이는 미묘한 색상의 차이만 있을 뿐, 마치 똑같은 옷으로 도열된 배트맨의 옷장과도 같았다. 게다가 단정함을 추구하는 잡지의 방향성 때문에(그런데 왜 남자지인가!), 헤어디자이너는 끈질기게도 빳빳한 내 머리카락으로 2대 8 가르마를 타고 있으니, 엉덩이에 땀이 날 지경이었다. 게다가 일명 '핏'이 좋다는 (호흡이 불가능한) 슈트는 앉으면 바지가 터질 듯해 자칫하면 '협찬의상을 물어줘야 하는 게 아닌가' 하는 불안감에 젖게 만들었다. 내 몸은 '당혹의 토네이도'에 휩싸여 저 먼 수치의 세계로 날아갈 지경이었다. 게다가 사실 나는 아주 호방한 중국 남방계의 원형 얼굴을 가지고 있는, 즉 시대를 잘못 타고난 비운의 인물이 아니던가. 달리 말하자면, 나는 얼굴이 난처할 정도로 둥글기에 나비넥타이를 매는 순간, 주위 모든 풍경을 중국식당으로 변모시키고, 아울러 내 자신은 다른 어떠한 해석의 여지없이 중국집 웨이

터로 분하게 하는 인물의 소유자이다. 이 때문에 평생 꿋꿋하게 나비넥타이를 거부하며 내 존엄성을 가까스로 지켜왔다.

인터뷰까지 모두 마쳤으니, 이제 와서 못 하겠다 할 수도 없는 노릇이고, 기획 자체가 '나비넥타이를 맨 멘토'였으니 그야말로 난감한 심정이었다(그나저나 내가 왜 또 멘토인가. 나도 여전히 방황하고 있는데… 월세 걱정하는 멘토가 어딨단 말인가!). 아무튼 나는 어쩔 수 없는 심정으로 촬영을 마친 후 중요한 교훈을 하나 얻었다. 그리고 그 교훈의 결과, 앞으로 인터뷰에 응하기 전에 반드시 이 질문을 미리 하기로 했다.

"혹시 나비넥타이 매고 사진 촬영합니까!"

*

그나저나 이 잡지는 시장 환경의 변화에 따라 폐간되고 말았습니다. 우여곡절이 있었지만, 이런 소식을 들을 때마다 서운해지는 것은 어쩔 수 없네요. 한 권이라도 더 버텨주면 좋을 텐데 말이죠.

CD는 문학행사의
사은품으로 합당한가?

외국의 경우는 모르겠지만, 근래 문학계에 생긴 독특한 행사가 있다. 바로 북 콘서트다. 북 콘서트는 말 그대로 소설가나 시인이 책을 내면 독자와의 간담회로 행사를 끝내버리지 않고, 음악가를 초대해 노래를 들어가며 자기 작품이나 작업에 대해 이런저런 이야기를 늘어놓는 행사다. 나는 몇 번 말했듯이 무슨 일을 하자고 하면, "아니 뭐 그런 걸 다…"라며 귀찮아하지만, 막상 하게 되면 성실히 임하는 성격의 소유자이다. 따라서, 출판사의 제안에 "아니 뭐 그런 걸 다…"라고 말한 뒤, 성실히 북 콘서트를 하게 됐다.

초대 음악가는 마음 같아서는 존경해 마지않는 '스팅'이나, 살아 있는 전설 '롤링스톤즈', 아니면 '에어로 스미스' 정도로 하고 싶었지만, 자칫하면 주인공인 내가 빛 바랠 수 있다는 현실적인 문제로 인해 어쩔 수 없이 비운의 밴드 '시와 바람'■으로 결정했다. 탁월한 선택이었다. 시와 바람 멤버들은 하나같이 어딘가 이 시대의 분위기와는 어울리지 않는 듯한 외모와 퍼포먼스를 선보이는 탓에 결국은 내가 조명을 받을 수밖에 없었다(고 나는 생각한다. 멤버들에겐 미안하지만).

하고자 했던 말의 요지는 이게 아니었고, 그나저나 '북 콘서트'라고 했을 때 내가 제일 처음에 떠올린 인상은 '응? 책이 노래한단 말인가?' 하는 것이었다. 예컨대 '빌리 조엘 콘서트'라 하면 빌리 조엘이 노래하고, '엘튼 존 콘서트'라 하면 당연히 엘튼 존이 노래하는 것 아닌가. 그리하여 나는 시와 바람 멤버들과 함께 거대한 책 모양의 인형에 몸을 끼운 채 연주하고, 노래해볼까 생각하다가 아무래도 땀이 많이 날 것 같아 그만뒀다.

아울러 주최 측에 따라 다르겠지만, 먼 길을 찾아와준 독자

■   작가 자신이 속한 밴드

들을 위해 조그마한 선물을 마련하는 경우가 있는데, 나 역시 한 독지가의 기부를 받아 선물을 제공할 수 있게 됐다. 아, 여기서 잠깐 이 선물을 선정하게 된 역사적 맥락과 배경에 대해 설명할 필요가 있는데, 지금 인류는 극심한 질병에 고통 받고 있고, 이 질병은 특히 저개발국가의 많은 인명을 앗아가고 있다. 때문에 전 지구적 차원에서 이 질병을 퇴치하기 위해 캠페인을 벌이고 있으니, 그날이 바로 12월 1일, '세계 에이즈의 날'이다. 그리하여 세계 에이즈의 날을 공교롭게 이틀 앞둔 나의 북 콘서트에는 익명의 독지가에 의해 콘돔 300개와 캔 커피 150개가 전달됐다. '어째서 캔 커피와 콘돔이란 말인가. 잠자리를 가지기 전에 일단 커피라도 한잔 하면서 다시 한 번 생각해보란 말인가. 아니면 성급히 일을 처리하지 말고, 커피 한잔의 여유를 즐기면서 콘돔에 구멍이라도 난 게 아닌가 꼼꼼히 살펴보란 말인가. 아니면 일을 잘 치르고 커피 한잔을 하란 말인가' 따위의 질문이 수십 가지 떠올랐지만, 그보다 더한 고민이 있었으니, 그것은 '과연 관객의 반응이 어떠할까'였다.

아무리 '시와 바람' 같은 저속한 밴드가 출연해 문학행사의 격을 떨어뜨린다 치더라도, 콘돔이라니(이하 CD, 총각인지라…). 차라리 같은 약자를 쓰는 음악 CD 증정이 나은 게 아닌가

하는 생각을 해보았으나, 이는 어디까지나 기우에 지나지 않았다. 부부끼리 온 한 중년남성은 은밀한 목소리로 "최 작가님의 성원에 힘입어 오늘 밤 열심히 해보겠습니다"라며 주먹을 불끈 쥐었고, 한 여성 독자는 CD 케이스가 예쁘다며 내 책을 온통 CD로 뒤덮은 채, 제목만 빼꼼히 내놓은 사진을 찍어주었는데, 공교롭게도 책 제목이 《능력자》였으니, 난감한 기분이들 지경이었다.

아무튼, 그럼에도 불구하고 과도한 독지가의 열정 덕에 남은 CD는 200여 개에 달했는데, 아니나 다를까 이번에 책을 낸 출판사의 건장한 새신랑 두 명이 내게 "이거, 저희가 다 가져가도 됩니까?!"라는 열정적인 질문을 하는 게 아닌가. 나는 "허허. 그러시죠"라 대답했고, 그 때문인지 두 명의 새신랑은 1차 회식을 마치자마자 서둘러 발길을 집으로 돌렸다.

힘내십시오. 영차!

*

다음에는 문학적인 선물을 준비하도록 하겠습니다.

뭐,

발가락이라도…

나는 숨겨둔 아들도 없고, 철저한 독신이므로 육아에 관심을 가지고 있을 리 만무하다. 결혼도 할 수 있을지 알 수 없는 판국에 육아에 대한 관심이라니, 가당치도 않다. 그런데 어찌된 영문인지 몇 해 전 나는 우연한 계기로 육아 잡지를 보게 됐다. 은행에서 내 차례를 기다리다 본 건지, 누가 떨어뜨린 잡지 속에 혹시 지폐 몇 장이 있을까 봤는지는 기억할 수 없다. 단지 기억나는 건 한 주부가 쓴 칼럼 제목뿐이다. 물론 정확히 기억할 순 없지만, 대충 떠올리면 이렇다. "서로를 알고 싶거든 여행을 떠나세요."

이 제목을 보니 아버지가 떠올랐다. 어째서 가족이면서 여행까지 가서 서로를 알아야 하느냐고 반문한다면, 세상엔 이런 가족도 있다. 나는 여차저차한 사정 때문에 서른이 될 때까지 아버지와 석 달을 함께 살았고, 서른을 기점으로 해서 우리는 둘이서 1년을 함께 살았다. 아무리 부자지간이라 할지라도 아버지는 아버지대로 60년의 세월을, 나는 나대로 30년의 세월을 각자 살아왔으므로, 우리 둘의 동거는 어찌 보면 선거를 목전에 둔 양당의 합당 같은 것이었다. 그도 그럴 것이 세상에는 유전의 법칙이란 말도 있고, 부전자전이란 말도 있고, 커크 더글라스와 마이클 더글라스처럼 같은 길을 걷는 배우 부자도 있고, 이건 약간 벗어난 예인지는 모르겠지만 조지 H.W. 부시와 조지 W. 부시처럼 대를 이어 대통령직을 수행한 (다면서 나라를 꾸준히 망쳐먹은) 부자도 있다. 예가 좀 통일성이 없긴 하지만, 그 속에 관통된 하나의 공통점이 있다면 어떤 부모와 자식이건 서로 닮은 점이 있다는 것이다. 하지만 우리는 너무 달랐다.

나의 유약한 외모(그렇다고 쳐요. 아니면 서른 살 때까지 그랬다 치든지)와는 달리, 아버지는 '혹시 내가 저 사람에게 아직 못 갚은 돈이 있는 건 아닐까' 하며 움츠리게 하는 힘이 있었고, 나의 논리적이고 지적인 말투(이번에도 그렇다고…. 아니면 역시 서른 살 때까진 그랬다고…)와 달리 아버지는 '앞으로라도 절대 저 사람에겐 실수를 해서는 안 되겠다'고 다짐까지 하게 만드는 힘이 있었고, 술자리를 싫어하는 나와는 달리 아버지는 '발길이 닿는 곳마다 술자리의 기적이 일어나게 하는' 힘을 가진 인물이었다. 좀 더 하자면 나는 운동화를 아버지는 구두를, 나는 청바지를 아버지는 재킷을, 나는 맥주를 아버지는 소주를 좋아했다. 나는 야당 성향, 아버지는 여당 성향이었고, 가장 큰 차이점은 나는 정신적 기쁨을 추구하는 유형이었고, 아버지는 전적으로 물질적 기쁨을 추구하는 유형이었다.

집안에 감도는 공기마저 실은 O_2가 아닌 어색함의 그 어떤 결정체로 구성된 게 아닐까 하는 의심을 하던 시절, 나는 아버지의 환갑을 맞이하여 여행을 제안했다. 경비는 내가 대겠다 하니, 아버지는 흔쾌히 수락했다. 괜한 제안에 나는 불안을 금치 못했으며, 배낭여행 갔다가 싸워서 따로 돌아온 고향 친구들과 신혼여행에서 성격차이로 이혼을 했다는 부부의 기사도 떠올랐다. 내 불안을 증명이라도 하듯, 아버지는 비행기를 타자마자 고성으로 "하하. 이런 건 벌컥벌컥 마셔줘야 한단 말이야. 아들 마시라구! 마시라구!" 하며 항공사에서 제공할 수 있는 모든 종류의 알코올을 그야말로 바커스처럼 꿀떡

꿀떡 마신 후 그 짧은 비행시간 동안 숙면을 취했다. 그러고선 필리핀에 도착하자마자 "열대지방에선 위스키에 얼음을 더 많이 타야 한다구" 하며 위스키를 벌컥벌컥 마시더니, 갑자기 감별사처럼 위스키가 가짜인 것 같다며 의심의 소리를 높였고, 나아가 음식이 입맛에 맞지 않다고 불평을 늘어놓았다. 급기야 이틀째 아침에 눈을 뜨더니 도저히 못 있겠다며 집으로 가자고 했다. 우리는 택시 안에서 아무 말 없이 점점 멀어져가는 마닐라의 야자수를 뒤로 한 채, 공항으로 향했다. 햇살은 뜨거웠고 길은 마음만큼이나 막혔다. 공항에 도착했을 땐 이미 우리의 비행기는 떠나버린 후였다. 마음은 더욱 막힐 것만 같았다.

그러자 아버지는 담배를 한 대 피우시더니, 갑자기 "그럼, 뭐 홍콩이나 가지, 까짓거" 하며 아무렇지 않게 말했다. 이번엔 경비는 자신이 댈 테니, 나보고는 그냥 따라만 다니면 된다는 것이었다. 자신이 젊은 시절 경험한 것을 내게 유산으로 물려주겠다 했다(실은, 이렇게 멋지게 말하진 않았지만, 자식된 도리로 약간 각색을 했다). 나는 심각한 간접흡연에 목이 켁켁 메어 대답했다.

"네— 켁켁— 뭐— 켁켁— 그래요— 켁켁."

아버지는 20년 만에 온 홍콩의 뒷골목을 기억 못하며 이리저리 헤맸다. 연신 "바뀌었어. 바뀌었어"라는 말만 내뱉다가, 결국은 택시를 타고 구룡반도로 가서 야경을 바라봤다. 밤바람에 머리카락을 흩날리며 구룡반도를 물끄러미 바라보았다. 건물들은 새 빛을 뿜내고 있어, 20년 전의 풍경과는 판이하게 달라졌다는 것을 초행인 나조차도 짐작할 수 있을 정도였다. 그는 조용히 숙소로 가자고 했다. 아버지가 이끌고 간 곳은 이층침대가 삐걱대는, 배낭여행자들이나 잘 법한 민박집이었다. 그는 거기서 마침내 고향집에 돌아온 대학생처럼 몸을 구부리고 잤다. 마카오에 가서도 여기저기를 기웃거리다 결국 사우나에서 쪽잠을 잤다. 즐거워 보였다. 순간 나는 혼자 배낭여행을 떠나 그저 도시의 경치를 바라보고 바람만 쐬고 열차에서 쪽잠을 잤던 학창시절의 내가 떠올랐다. 어쩌면 나는 그의 젊은 시절을 답습했는지도 모른다. 어쩌면 전부는 아닐지라도 그의 현재 모습 중 몇 가지가 내 미래 모습일지도 모른다. 문득 소설 제목 하나가 머릿속을 스쳤다. 그리고 속으로 중얼거렸다. '뭐. 발가락이라도 닮은 거겠지.'

마지막 날, 홍콩의 밤하늘엔 별들이 서로 몸을 붙인 채 빛나고 있었다.

릭 애슬리와
나

사실 이 글은 예전에 한 남성지로부터 '생애 최고의 앨범'이
란 주제로 청탁을 받아 썼는데, 발표되지 않았던 글이다. 편
집장이 거절했기 때문이다. 그 후 편집장은 해고를 당했다. 두
사건을 병기해놓고 보니, 편집장이 혹시 내 원고를 거절했기
때문에 해고를 당했을 거라 오해할까봐 밝히자면, 절대 아니
다. 그는 원래 구린 구석이 있어, 법인카드를 사적으로 유용했
다. 잠깐 다른 이야기를 하자면, 예전에도 한 남성지의 편집장
이 내 글을 마음에 들지 않아 했다. 소식통에 따르면 그 역시
해고될 예정이라 한다. 이것도 물론 내 원고를 거절했기 때문
은 아니다. 그 역시 인간적으로 구린 면이 있기 때문이라 했

다. 그런데 따지고 보면 내 원고를 거절한 편집장은 모두 어딘가 음험하고 불법적인 일을 일삼는 면이 있었던 것 같다. 그리고 하나같이 현재 쓸쓸한 나날을 보내고 있거나, 비참한 미래가 인생의 문턱에서 노크를 하고 있다. 따라서 이 글을 읽고 있는 편집장 중에 내 글이 마음에 들지 않는 분이 있다면, 귀하의 안위를 위해서라도 내 글에 애정을 가져주기 바란다. 우울의 악귀가 당신의 삶에 막 진입하려는 순간, 내 글을 향한 호감이 영험한 부적이 되어 악귀를 몰아내줄 것이다. 수정을 하긴 했지만, 어쩌됐든 다음은 원래 쓴 원고.

나는 그때, '국민학교' 6학년이었다. 그것도 영화 〈친구〉에나 나올 법한 지방 중소도시의 6학년이었다. 바가지 머리를 하고 있었고, 어른이 되고 싶어 핀토스 청바지를 몇 단이나 걸어 입고, 롤러스케이트 장을 기웃거렸다. 무슨 쌍팔년도 이야기냐 한다면, 맞다. 정확히, 1988년이었다. 핑클파마를 하고 죠다쉬 청재킷에 프로스펙스 목폴라 티셔츠를 입은 동네 형들이 "주머니 뒤져서 돈 나오면, 십 원에 백 대씩!" 유의 구전설화 같은 대사를 호흡처럼 내뱉던 시절이었다.

말하자면, 정권은 군인이, 골목은 핑클파마 형들이 잡던 시절이었다. 짝사랑하던 여자아이에게 남자답게 보이고 싶어, 머리에 물을 발라넘기고 롤러스케이트를 뒤로 타는 연습을 하던 시절, 흘러나오던 B.G.M은 언제나 릭 애슬리의 〈She Wants to Dance with Me〉였다. 사춘기에 갓 접어들어 어서 어른이 되고 싶었고, 어서 서울에 가고 싶었고, 아니 어서 영국이란 데엘 가보고 싶었고, 물이 아닌 '차밍 무스'를 발라 진짜 올백을 해보고 싶었던 시절, 릭 애슬리는 그 모든 것의 상징이었다. 젊었고, 영국인이었고, 올백 머리를 했었다. 자다가도 벌떡 일어나 눈을 감고 롤러스케이트를 뒤로 타며 〈Never Gonna Give You Up〉의 고음을 깔끔하게 소화할 것 같았다. 무엇보다, 그의 입에선 '십 원에 백 대' 따위의 쌍팔년도 대사는 절대 나오지 않을 것 같았다. 그것만으로도 우리에겐 따스한 존재였다.

그 후 초등학생이었던 나와 친구들은 뿔뿔이 흩어졌다. 지방 소도시의 중학교 배정이란 광포하기 짝이 없어 그야말로 어느 날 눈 뜨고 일어나 보면 학교가 정해져버리는 식이었다. 주거지 따위야 전혀 고려되지 않았기에, 어떤 녀석은 강을 건너 학교를 갔고, 어떤 녀석은 버스를 갈아타고 학교를 갔고, 어떤 녀석은 몇 십 분을 걸어서 학교를 갔다. 우리는 '어떻게 하면 부모님을 설득해서 자전거를 살 수 있을까' 하는 고민에 깊이 빠졌다. 롤라장에 모여 흥을 낼 기분이 나지 않았던 우린 각자의 골방에 처박힌 채 우울의 늪에서 허우적거렸다. 더이상 롤라장에 가지 않았던 우리의 귀에 '릭 애슬리'는 점차 멀어져갔다. 대신 혼자서 라디오 안테나를 고쳐 세우던 귀에 들어온 이들은 '글렌 메데이로스', '제라드 졸링', 그리고 '브라이언 애덤스'였다. 관심은 자연히 옮겨졌다. 서정적인 분위기의 음악이 여자들 앞에서 폼을 잡기에도 좋았고, 시도 때도 없이 '멜랑꼴리'해졌던 사춘기의 정서에도 부합했다.

하지만 수시로 감정이 변하던 그 시기가 지나자, 정작 어린 시절을 추억할 때 떠오르는 것은 언제나 바람둥이처럼 머리를 넘기고, 음흉한 눈빛으로 노래를 했던 바로 그 영국 청년이었다. 아마 그 어떤 것으로도 대체할 수 없는 감정의 문신 같은 것이 어린 영혼에 새겨져, 인생의 관문을 통과할 때마다 릭 애슬리가 '혹시 나를 잊은 건 아니겠지' 하며…, 아니 "널 절대 포기하진 않을 거야Never gonna give you up" 하며 확성기에 대고 외치는 건지 모르겠다. 아니면, 앎은 고통이라는 것을 깨달았기에 아무것도 몰랐던 어린 시절 무지의 행복이 그리워져, 미성장한 시절의 우상을 찾는 건지도 모르겠다. 이유야 어찌됐든, 그 시절의 톡 쏘는 청량감은 여전히 소멸하지 않는 에너지가 되어 재생된다.

뭐라 해도 생애 최고의 앨범은 릭 애슬리의 〈Hold Me in
Your Arms〉다.

홈쇼핑에 대하여 2
— 백화점에 가는 게 나을까요?

가기만 하면 피곤해지거나, 생각만 해도 기운이 빠져버리는 장소가 있기 마련이다. 나는 누군가로부터 억압받는 것을 싫어하므로 일단 군대를 떠올리면 피곤해진다. 그리고 백화점을 떠올리면 또 피곤해져 버린다. 어쩐지 영혼이 소모되는 느낌이다. 그러나 도시생활이란 본질적으로 곳곳에서 마주할 번잡함을 피할 수 없는 것이기에, 간혹 백화점에 가기도 한다. 물론, 매번 피곤하다. 우선 사려는 브랜드의 매장에 가기 위해서는 정문과 에스컬레이터와 여러 매장과 판촉행사장을 거쳐야 하고, 그 와중에 "아. 있어요", "지난주에 샀어요", "다른 걸 사러 왔어요" 따위의 변명을 늘어놓아야 하고, 그러다 보면 어느

새 손에 쓸데없는 무언가가 들려 있기 마련이다. 그러다 줄 서서 여러 번 갈아입은 후 마침내 맘에 드는 바지를 찾았는데 맞는 사이즈가 없으면, 우주의 한쪽 귀퉁이가 무너지는 느낌마저 들곤 한다.

때문에 현실적인 이유로 종종 홈쇼핑을 이용하곤 하는데(옷과 신발은 어쩔 수 없이 매장에 갑니다), 이게 보다 보니 굳이 상품 구매를 하지 않더라도 나름의 충분한 매력을 가지고 있다. 일단 홈쇼핑은 채널을 막론하고 B.G.M 선곡이 좋다. 그래서 아무 생각 없이 그저 홈쇼핑 채널을 틀어놓고 있으면 때론 '뭐야. 라디오보다 낫잖아!' 하는 느낌을 받곤 한다. 게다가 간혹 홈쇼핑에 등장하는 모델 중에는 자극적刺戟的 미학만 추구하는 시대의 근시안 때문에 아직 조명받지 못했을 뿐, 자신만의 고유한 빛을 영롱하게 뿜어내는 가인들도 간혹 볼 수 있다. 이들은 비록 13종 식기세트에 담긴 밥을 묵묵히 먹거나, 체지방 감소 허리띠 등을 맨 채 스튜디오 안을 이러저리 뛰어다니긴 해도, 필시 클레오파트라나 양귀비가 봤더라면 동시대에 태어나지 않은 것을 다행으로 여길 만큼 빛이 나는 풍모를 지니고 있다. 아무튼, 이러다 보니 이제는 굳이 구매를 하지 않더라도 일종의 관상적觀賞的 기능을 위해 홈쇼핑 채널을 틀어놓기도 한다. 그런데 어젯밤에는 도저히 가만 있을 수 없었다.

완도산 전복 22마리를 30분 한정으로 파는 게 아닌가!

완도산 전복이라니. 내가 호들갑을 떤다고 할지 모르겠으나, 주린 배를 움켜잡고 새벽 1시에 보글보글 끓고 있는 제주식 전복 해물 뚝배기를 바라보는 독신남의 심정을 상상해보라. 춥고 배고픈 새벽 1시에 화면을 가득 채운 뚝배기 안에서 기름기 도는 붉은 색의 기포가 터질 때마다, 리모컨을 쥐고 있는 자신의 손에 경련이 일어나는 것을 경험해본 적이 있는지. 그 순간부터 리모컨의 채널 버튼은 누르기 위한 대상이 아니라 결코 눌러져서는 안 되는 핵미사일 버튼과 같이 보호해야 할 대상이며, 이제 누를 수 있는 버튼은 오로지 볼륨, 그것도 상향조정밖에 없다는 느낌을 경험해본 적이 있는지(볼륨을 높이고 온몸의 신경을 집중해서 들어보면 '기포 터지는 소리'를 들을 수 있다). 이것은 경험해본 자가 아니면 이해할 수 없는 고통이다. 그러나 이것이 단순한 고통인 것만은 아니니, 본인은 사실 어제의 구매를 결정하게 해준 NS 홈쇼핑에 무한한 감사를 표하고 싶다. 그것은 진정 달콤한 고통이자, 행복한 아픔이었다.

게다가 한평생 자신의 노하우를 공개하지 않은 제주의 맛집 '서울 뚝배기' 사장님께서 바쁜 몸을 이끌고 직접 출연해,

혼이 담긴 양념장까지 무상배포하는 정애를 베풀어주셨다(물론 이것이 내가 구매한 가격에 포함된 것이라는 것을 알고 있으나, 나는 쇼호스트의 '서비스'란 말에 어쩐지 동의하고야 말았다). 친절한 카메라감독은 그 양념장의 구성요소인 된장, 양파, 마늘, 고춧가루를 차례대로 비추었고, 관대한 '서울 뚝배기' 사장님께선 일일이 된장, 양파, 마늘, 고춧가루를 설명해주셨다. 비록 '무'나 '배'로 추정되는 마지막 하나에 대해선 설명하지 않았으나, 나의 애석함을 달래기라도 하듯 육수는 북어를 넣어서 끓인 것이란 고급 정보를 알려주셨으니, 나는 그 헌신적인 비법공개에 감탄을 금할 수 없었다. 파도처럼 끝없이 밀려오는 감동에 젖어 화면을 보고 있는데, 이번엔 '전복 해물 뚝배기'에 들어가는 모든 해물, 즉 꽃게, 홍합, 명란, 새우, 바지락이 드라이아이스로 연기를 피어올리는 심미적인 분위기의 나무접시 위에 그 고운 자태를 드러내며 등장했다. 나는 그만 눈물을 흘릴 뻔했다. 아니 어째서 꽃게가 아무렇지도 않다는 듯이 단역으로 등장할 수 있단 말인가. 꽃게마저 단역으로 희생케 하는 저 완도산 전복의 매력을 그냥 지나쳐버리는 것은 죄악이 아닌가. 그때, 쇼호스트는 내 가슴에 마치 문신처럼 박혀버린 대사를 남겨버렸다.

"이거요! 라면 끓이는 것보다 쉬워요."

이 혁명적 레시피 앞에 나는 더 이상 왜 제주도의 맛집인데, 상호가 '서울 뚝배기'이며, '완도산 전복'이냐는 것은 따지지 않기로 했다. 어서 남은 십 분이 내 인생에서 채 도망가기 전에 전화버튼을 터져라 눌렀다. 다행히도 수화기에선 이런 음성이 흘러나왔다. "최민석 고객님이 맞으시면 1번을, 아니면 2번을 눌러주십시오." NS홈쇼핑이 고맙게도 내 존재를 기억하고 있다니! 나는 반가운 마음에 관대한 무이자 3개월 결제로 22인분에 해당하는 '제주식 전복 해물 뚝배기 11팩'을 결제했다. 게다가 독자의 충격 방지를 위해 뒤늦게 공개하는 사실이 있으니, 이 제주식 전복 해물 뚝배기는 '해물조림' 조리까지 가능하다는 것이다. 나는 추호의 의심의 여지도 없이 조리계 역사에 남을 혁명적 구성을 어젯밤 접하고야 말았다.

그런데 내가 결제를 끝내자마자 화면은 갑자기 방송사고처럼 홍어회무침 판매 방송으로 바뀌어버렸다. 작별인사도 없이. 하여 이건 어쩔 수 없이 오로지 나 하나를 위해 방송시간을 늘려서 기다려준 게 아닌가 하는 자의적 해석을 하지 않을 수 없었다. 그리고 예전에 우유부단하여 놓쳐버린 제주 은갈치 30팩 세트와 영광굴비 50팩이 떠올랐다. 때마침 흘러나오는 B.G.M에서 가수는 외치고 있었다. '사랑이 뭐니ㅡ! 사

는 게 뭐니—!'

그래. 사는 게 잘 먹고 잘 살기 위한 것이고, 음식 사랑이
내 몸 사랑이고, 내 몸을 사랑해야, 이웃도, 공동체도, 국가도,
동북아도, 아시아도, 전 인류도 사랑할 수 있는 게 아닌가. 이
런 자의적 결론을 내렸다. 이제 일주일 뒤 나의 방엔 아침마다
전복이 익어갈 것이고, 비법 양념이 수증기가 되어 천장 아래
를 구름처럼 덮을 것이다. 그 행복의 기운 속에 나는 하루를
시작할 것이다. 아, 생각만으로도 건강해지고 배가 고파진다.

*

그나저나 어쩐지 나는 홈쇼핑에서 상품을 사고, 홈쇼핑은
내 영혼을 사는 듯하다. 괴테의 파우스트처럼. 이제라도, 백화
점에 가는 게 나을까요?

소설과
취재여행

지금은 생각이 조금 바뀌긴 했지만, 애초에 나는 에세이를 꾸준히 쓰기 위한 방편으로 소설가의 길을 택했다. 내게 있어 소설은 에세이를 쓰기 위한 일종의 보호막이었으므로, 쓰다 보면 어쩐지 숙제를 하고 있다는 느낌이 들기도 했다. 때문에 가급적이면 소설을 쓰기 위한 취재는 하지 않고, 관념적이고 추상적인 말들을 잔뜩 쓰는 게 좋다고 생각했다. 가령 소설에서 어떤 카페가 등장한다고 치면, 카페에 대해 세밀하게 묘사하는 작가가 있는 반면, 카페에서 느낀 점(예컨대, 유럽의 우경화와 한국의 대기오염 같은 문제)에 대해 이러쿵저러쿵 주절대는 작가가 있다. 나는 당연히 후자의 길을 택했다. 주절대는 것만으로도 한 편의 소설을 뽑아낼 수 있다면 그 길이 (편하고) 매력적으로 보였기 때문이다.

　그런데 어찌된 영문인지 막상 장편소설을 쓰다 보니, 쓸 때마다 취재를 하게 됐다. 아직 발표하지 않은 첫 번째 장편을 위해 고향과 부산에 가서 취재를 했고, 얼마 전에 발표한《능력자》를 위해 복싱을 배우고, 통영까지 가서 또 배를 타고 가야 하는 '추도'에 가서 취재를 했다. 그리고 요번에 쓰고 있는 《쿨한 여자》라는 장편을 위해서는 현해탄을 건너 '나가사키'까지 취재를 다녀왔다. 그리고 이 모든 취재 과정을 매해 겨울에 혼자서 쓸쓸히 하고 있다. 애초에 '인터뷰 따위에 얼굴을 자주 내미는 작가는 되지 않겠다!'고 결심한 것이 와르르 무너졌듯이, '취재를 열심히 하는 멋없는 작가 따위는 되지 않겠다!'라는 결심 역시 스르르 무너져버린 것이다(취재를 전혀 안 하면서 천재적으로 술술 써내려가는 작가는 확실히 멋지죠).

　그렇다 해서 딱히 취재한 것들을 살려서 소설에 잔뜩 써먹는 것도 아니다. 첫 장편에 부산의 이야기를 조금 쓰긴 했지만 고향에서 취재한 것은 전부 삭제해버렸다.《능력자》에선 추도에 관한 묘사를 새로 쓰면서 거의 전부 지워버렸다. 이번에도 나가사키에서 소설에 등장할 만한 항구와 거리들을 다니고, 음식도 이것저것 먹어보며 메모를 해뒀다. 하지만 과연 써먹을지는 미지수다.[■] 소설이라는 것이 쓰다 보면 어느 순간 자기만의 생명력을 지니기 시작해, 애초에 작가가 닦아놓은 길이 아닌 '제2의 길'로 제멋대로 가버리기 때문이다. 이런 경우엔 거의 제2의 길이 작가가 설계해놓은 인위적인 길보다 훨씬 멋지고 매력적이기에, 작가는 그저 손가락만 빌려주는 이의 심정이 되어 자신도 어찌 전개될지 모르는 이야기를 모니터를 통해 확인할 수밖에 없다. 이런 점에서 작가는 (쓰는 사람이기도 하지만,) 자기 작품의 첫 번째 독자라는 말을 절감하게 된다. 읽으면서도, '허어. 이렇게 썼단 말인가' 하게 되는 것이다. '뭐야. 애초에 쓰려고 했던 건 이게 아니었는데' 하는 아쉬움과 '음… 이게 나은 거 같은데' 하는 마음이 뒤죽박죽이 되어, 한동안은 자기 작품으로부터 떠나 정신을 비워낸 후에야 비로소 작품을 마주할 수 있게 된다.

아무튼 안 써먹을지도 모르는 취재를 왜 꼬박꼬박 하느냐 하면, 그 취재의 과정을 통해서 소설이 완성되는 것과는 별개

■   항공료가 아까워. 주인공이 갑자기 나가사키 짬뽕을 후루룩 먹는 장면을 넣었습니다.

로 소설가로 완성되기 때문이다. 서두에도 밝혔듯이 나는 애초에 소설을 하나의 방편으로 택했기 때문에, 취재를 하지 않으려 했던 것이다. 그러나 역시 서두에도 밝혔듯이 소설이라는 것이 쓰다 보니, 상당히 매력적이고 흥미로운 작업이라는 것을 차츰 깨달았다. 물론 이야기나 문장이 나오지 않으면 스스로 진창에 처박혀버리고 싶을 만큼 고통스럽지만, 그 고통은 하나의 이야기가 원하는 단어와 문장의 옷을 입고 내 앞에 서 있을 때의 기쁨을 배가시켜 주기도 한다. 게다가 소설이라는 것은 단어의 옷을 입는 순간부터 시작되는 것이 아니라, 작가가 소설을 쓰기 위해 경험하고 고민하는 순간부터 시작된다. 그렇기에, 넓게 보면 취재의 순간 역시 집필의 순간이다. 말하자면 몸속에 소설의 공간과 공기를 새겨 넣고 있는 것이다. 물론 몸으로 쓰는 소설 역시 퇴고의 기간이 있어서 그다지 인상적이지 않은 것은 몸과 정신이 자연스레 잊게 된다. 나는 이것을 몸의 퇴고라 한다. 그리고 이 모든 것을 아우르는 '몸의 집필 기간'이 끝나면 비로소 원고로 쓰는 실질적인 집필이 시작된다. 따라서 굳이 소설에 써먹지 않을 취재라도 이렇게 꼬박꼬박 해가는 것이 소설 한 편의 완성도와는 상관없이, 소설가 한 명이 완성되어가는 길이라는 것을 조금씩 깨닫게 되었다. 그렇기에 나 같은 풋내기 글쟁이는 적어도 필요하다고 여겨지는 취재가 있다면 가기 위해 열차를 타야 하건, 연락선을 타야 하건, 비행기를 타야 하건, 시간과 금전과 체력이 허락하는 한 배낭을 꾸릴 수밖에 없는 것이다. (물론, 헤밍웨이처럼 전쟁 소설을 쓰기 위해 참전할 생각은 없습니다!)

*

다음 편은 자연스레 나가사키 기행문으로 이어지겠지요? 후후후

도시의

시간

　타임슬립은 필립 K. 딕이 1964년 《화성의 타임슬립》이란 소설에 최초로 소개한 용어다. 말 그대로 '시간이 미끄러져 버린다'는 뜻이다. 일정한 속도로 전개되어야 할 시간이 초자연적인 현상으로 인해 미끄러져 버렸으니, 이를 경험하는 사람은 어쩔 수 없이 '허어. 이거 타임슬립인가' 하며 시간여행을 하는 수밖에 없다. 당연히, 소설이나 영화 속에만 존재한다. 그런데, 나는 종종 타임슬립을 경험한다. 이제야 고백건대 사실 나는 직장인 시절 에티오피아로 출장 갔다가 나이를 종잡을 수 없는 한 노파가 건넨 약을 삼킨 후로 시도때도 없이 과거와 미래를 오가고 있다, 는 건 아니고, 간혹 낯선 도시로 떠나면 이성이 흐물흐물해져 버리기 때문이다.

　가령, 경주에 가면 신라시대가, 교토에 가면 헤이안平安 시대
가 펼쳐지듯, 이번에 다녀온 나가사키는 나를 메이지유신 시
대로 잡아끌었다. 도시 곳곳이 마치 개항시대의 면면을 박제
라도 해놓은 듯했다. 노면전차가 덜커덩거리며 도시를 가로질
렀고, 쇄국초기 서양인들을 격리시켜 놓았던 인공섬 '데지마
出島'도 보존돼 있었고, 아시아 최초로 카스텔라를 들여왔다는
가게 역시 백 년째 거리에 서서 버티고 있었다. 가게 곳곳에는
오랜 때가 묻은 갈색 탁자와 의자들이 햇빛을 받으며 세월을
견뎌내고 있었고, 도시 곳곳에는 고목과 전통가옥, 오래된 골
목들이 자신의 몸에 시간을 새겨가고 있었다. 이런 풍경을 연
달아 보고 나면, '하아, 과거란 현재 생활의 장식이 아니라, 현
재를 받치고 버티고, 미래로 인도하는 지반이구나' 하고 느끼
게 된다. 매력적인 땅인 만큼 나도 조심스레 발자국을 남기며,
과거 위에 남긴 내 발자국이 매력적인 미래로 나아가길 바라
게 된다. 이렇듯 한 개인은 장구한 역사 위에 자신의 족적을
새기며, 작게나마 도시의 정취에 기여한다. 비록 여행자이지만
말이다.

이런 생각에 젖어서인지, 혼자 하는 여행이 감성을 자극해서인지, 아니면 그냥 내가 말을 걸고 싶게 생겼는지, 사람들도 유독 옛사람들처럼 수다스럽다. 도쿄나 런던이라면 혼자 있어도 내가 발작을 일으키지 않는 한 무심하게 내버려둘 법한데, 적어도 내가 만난 나가사키 사람들은 상당한 다변가多辯家들이었다. 혼자 바에 앉아서 묵묵히 대파구이를 씹고 있으면 으레 "관광?" 하며 짧게 말문을 트더니, 한국 드라마를 즐겨 본다는 둥, 원빈이 마음에 든다는 둥, 사진을 찍자는 둥, '뽀잔마짜'(포장마차)에 가보고 싶다는 둥, 말들이 파도처럼 밀려온다. 물론 혼자서 책을 읽는 고요한 시간 따위는 포기해야 하지만, 외톨이 여행자에게 수다쟁이들만큼 시간을 잘 보내게 해주는 사람은 없으니 나도 그럭저럭 대화를 이어간다. 개중에는 상당한 허풍꾼도 있어서 "거. 자넬 보니 예전의 첫사랑 한국여자가 생각나는군" 하며 잔술을 홀짝이며 "이미자였더랬지. 이름이…. 노래도 꽤 했는데 말이야" 하는 할아버지도 만났다.

그나저나 나가사키에서는 약속이라도 한 듯 가는 곳마다 들은 말이 있는데, 한국 드라마의 광팬이라는 여성도, 선술집에서 닭 꼬치를 굽는 청년도, 옆자리에 앉아서 잔술을 홀짝이는 영감도 다들 '욘사마 닮았잖아'라고 해대는 것이었다. 나는 당연히 '그럴 리가… 허허허' 하며 넘겼는데, 기이한 것이 신발을 사러 갔다가 나도 모르게 목도리를 찾게 되고, 목도리를 두른 채 거울 앞에 섰다가 점원과 눈이 마주치자 별안간 "욘사마?" 하고 실언까지 하게 됐다. 여관에서도 체크아웃을 하고 나올 때 여관 주인이 '다음에도 꼭 찾아달라'는 의례적인 인사와 볼펜 등의 기념품을 주고 나서도 내 목도리에 시선을 고정한 채 한참 망설이기에, 나는 쑥스럽지만 고개를 끄덕이며 "네. 욘사마"라고 마지못해 인정했는데, 그는 "부디 좋은 숙박후기 부탁드립니다"며 연신 인사를 해대기에, '아뿔싸' 싶었다.

그런데 이 주인은 내가 여관에서 나선 후에도 골목에 선 채 정중히 인사를 하고 들어가지도 않았다. 꽤 긴 걸음을 한 후에 '이제는 들어갔겠지' 싶어 뒤돌아보면, 여전히 손을 흔들며 서 있었다. 몇 걸음 더 걸은 후 '이번엔 들어갔겠지' 싶어 뒤돌아보면, 변함없이 입간판처럼 선 채로 손을 흔들어주었다. 도시만큼이나 사람들도 예스러웠다.

*

골목 모퉁이를 돌고 나서 몇 초 후 '이래도 있을 테야?'라며 되돌아 가보니, 역시나 휑한 바람뿐이었습니다.

국정원 직원에 대해

나는 첩보영화라면 별일 없으면 보는 편이므로, 영화 〈베를린〉을 보고 왔다. 나 역시 소설을 쓰며 이런저런 평을 듣고 있는 처지이기에, 굳이 영화에 대해 이러쿵저러쿵 평할 마음은 없다. 다만 내가 하고픈 말은 하나뿐이다.

'어째서 방화 속의 국정원 요원들은 한결같이 심각할까.'

여기서 잠깐 취업준비생 시절 이야기 하나.

십여 년 전, 잠시였지만 취업시험을 준비한 적이 있다. 요즘은 어떨지 모르겠지만 그때에는 일명 '스파SPA'라는 두꺼운 상식수험서가 있었다. 나는 무식하게도 그걸 달달 외우는 스터

디를 했다. 국어(라 함은 맞춤법, 문법, 띄어쓰기 등을 공부하는 스터디인데, 이거 써놓고 보니 멍청해 보이네요)와 논술, 작문 스터디도 겸해서 했는데, 어느 날 기자 시험을 준비하던 녀석이 대뜸 '거 미안한데 이제 못 나오겠어. 국정원에 취직했거든' 하며 빠져버렸다. 나는 '아니, 국정원이 그렇게 만만한 데냐'면서 녀석의 멱살이라도 잡고 싶었지만, 녀석의 말을 들어보니 몇몇 시험과목이 겹치고 부가적인 체력 테스트만 통과하면 된다는 것이었다. 다른 한두 과목은 여러 고시를 준비해본 녀석들이라면 이력이 붙어 어느 정도 집중해서 쓱쓱 봐버리면 그만이라 했다. 나는 '이런 식으로 요원이 길러질 리 없지 않은가' 하며 허탈해했지만, 어느덧 십 년이 지나 한국사회의 작동방식을 조금이나마 이해하게 되자 '그럴 수 있다'는 쪽으로 생각이 바뀌었다.

국정원도 어쩔 수 없는 하나의 관료사회이고, 당연히 한국사회의 한 부분이므로 이 사회가 요구하는 여러 요건들을 충족시키며 시험을 치르다 보면, 결국은 영화와는 거리가 먼 '직장인들로 조직이 채워지는 게 아닌가' 하고 말이다. 그렇다면 아무리 첩보요원이라 해봐야 3개 국어 이상의 외국어를 하고, 언제 뒤바뀔지 모르는 작전을 이해하고, 관료사회의 복잡한 서류 양식까지 꼼꼼히 지키려면 '결국은 요원보다는, 공무원의 느낌이 나지 않을까'라는 가설까지 품게 됐다. 게다가 행정조직은 요구하는 게 얼마나 많은가. 분명히 현장요원으로서는 고충을 느낄 만한 까다로운 제도나 방침이 있을 것이다. 이를테면, 긴박한 상황에서 발생하는 소액이라도 영수증이 없으면 처리가 되지 않아 뒤늦게 현장에 찾아가 주인에게 쭈뼛거리며 영수증을 사정할 수도 있고, 법인카드는 몇몇 제휴사 위주로 써야 한다거나, 수사를 위해 권총 한 자루라도 들고 뛰쳐나가려면 일단은 책상에 앉아서 '총기대여서' 같은 걸 바탕체 십 포인트에 줄간격 160%로 세밀히 작성한 후 부서장의 결재를 받고 나서야 할지도 모르는 법이다. 영화에서는 '이놈이다' 싶으면 직감에 의존해 마구 격발할 수 있지만, 현실에서는 '1인당 실탄수 제한'(혹은 '직급별 실탄수 제한') 같은 게 있어서 머릿속으론 '아차, 세 발 남았군' 하면서 쏠지도 모를 노릇이다. 말했다시피 국정원 요원이라 해도 결국은 공무원 시험이나 기자 시험을 준비하다가 갑자기 항로를 바꾼 녀석들도 있기 때문에, 아무래도 요원으로서의 대의보다는 현실적 편리 위주로 결정해서 영수증 발급이 안 되는 곳은 접선 장소로 피하거나, 법인카드 포인트로 몰래 개인물품을 구매할지도 모른다. 게다가 듣기로는 신분위장을 위해 'S전자'

같은 가짜 명함을 발급받는다 하니, 친구들에게 술자리에서 잔뜩 험담을 들을지도. "너희 회사는 노동자의 인권 따위는 생각하지 않는다고! 각성하라고 이 친구야!" 혹시 입이 걸은 친구에게는 '자본의 개' 같은 심한 소리도 들을지 모르겠다.

이런 생각을 하면 요원들은 첩보전뿐 아니라, 생활전선에서도 고군분투하고 있겠구나, 하며 동정하게 된다. 그나저나 약간 다르긴 하지만, 영화 〈춤추는 대수사선〉에 나오는 경찰들에게는 꽤나 공감이 간다. 그들은 개울에서 시체 한 구가 떠오르자, 개울 양편에서 서서 서로 긴 막대로 시체를 반대편으로 민다. 돌도 막 던진다. 그 개울의 중간을 기점으로 해서 관할서가 갈라지기 때문이다.

사라져가는 것에 대해 1
— 이발소

얼마 전 한 월간지로부터 주제가 정해진 글을 청탁받아서 쓰며 곤혹을 치렀다. 예전에는 원고를 청탁받았다는 사실 자체가 기뻐서 쓱쓱 써서 보냈는데, 최근에야 '쓱쓱 써내는 것보다 원고의 질이 중요한 게 아닌가!' 하는 자각이 뒤늦게 들었다(거 참. 이런 건 빨리 드는 게 나은데 말이죠). 생각해보니, 내가 만족하는 글들은 대부분 청탁을 받지 않고 쓴 글들이었다. 소설 역시 청탁을 받아서 쓴 것보다는 청탁받지 않고 쓴 것, 즉 '전작소설'이 훨씬 만족스러웠다. 그나저나 저번에 청탁받은 주제는 '과거에는 없었으나, 어느 순간 일상화된 공간'에 대한 것이었는데, 쓰면서 느낀 점은 나의 관심은 정반대 공간에 있다는 것이었다. 그래서 이번에는 두 번에 걸쳐 사라져가는 공간에 대해서 쓰기로 했다(주제는 이렇게 간단하게 정하는 게 제맛이지요).

(이렇게 말하면 영감 같겠지만) 내가 어린 시절에는(에헴!), 이발소와 포경수술은 유사한 의미를 지니고 있었다. 당시에는 이발사가 이발을 하고 난 후 "음. 자네. 다음은 포경이야. 바지 내리게" 하면 이발한 가위로 성기의 표피를 싹둑 잘라냈다, 는 건 물론 거짓이고, 이발소에 처음으로 가는 게 바로 소년에서 남자로 통과하는 의식처럼 느껴졌기 때문이다.

이발소에 가기 전에 아이들은 대부분 머리 위에 냉면그릇을 얹은 채 가위질을 당하거나, 엄마 따라간 미용실에서 엉겁결에 잘려오는 게 고작 이발이었다. 그러나 (조금 과장하자면) 중학교에 입학할 즈음 포경수술을 하며 남자로 거듭나듯, '이발소에 제 발로 찾아가 자신이 원하는 스타일을 당당히 요구하며, 자기만의 세계를 형성하기 시작했다.' 물론, 그래봐야 각 학교마다 두발 규정이라는 게 있어서 모두 거기서 거기지만, 아이들은 앞머리를 4cm로 해달라든지, 5cm로 해달라든지, 아니면 윗머리를 조금 더 남겨달라든지, 라는 식의 소소한 항거를 통해 자기만의 외적 세계를 구축했다. 특히 구레나

롯의 세계는 정말이지 우주의 행성처럼 다양해서 귀를 기준으로 해서 '일자'로 자를 것인지, 귀 옆으로 리트머스종이처럼 내려오게 할 것인지, 아니면 중국 무술 도인처럼 구레나룻 끝을 털로 남겨둘 것인지에 관해서는 '멋을 아는 청소년'이라면 깊이 고민해보지 않을 수 없는 주제였다. 〈스크린〉을 읽고, 〈하이틴〉을 보고, 〈지구촌 영상음악〉을 듣는 감수성 예민한 중학생에게 규정을 미묘하게 어긴 윗머리와 구레나룻, 그리고 눈썹까지 닿을 듯 말 듯한 앞머리는 그야말로 '난 버튼만 누르면 반항한다구!' 하는 메시지의 사려 깊은 외적 표출이자, 자신의 존엄성을 가까스로 지킬 수 있는 현실적 타협점이었던 것이다. 물론 지금 생각하면 3cm건, 4cm건 결국은 1cm 차이가 아니냐는 객관적인 분석이 가능하지만, 당시의 우리에겐 1cm란 목성과 화성 사이의 거리만큼이나 어마어마한 것이었다. 자칫하면 두발단속에 걸려 바리캉으로 머리 한가운데에 고속도로를 내준 뒤, 삭발까지 감행해야 하는 초강수를 둔 시도였으므로, 앞머리 1cm를 더 기르고자 했던 우리의 각오는 무기한 단식농성에 임하는 노동자의 심정 못지않았다.

따라서 자연히 우리에게는 이발소가 남자로서의 첫 진입 관문이자, 동시에 신체의 처분에 대한 자기 결정권을 가진 인

격체로서 억압적인 사회기제에 맞설 현실적 방안을 모색하는 고뇌와 번민의 현장이었다. 그런 고민을 듬뿍 안고 가는 이발소에는 으레 학생의 고민 따위는 안중에도 없다는 듯, 수영복을 입은 모델의 맥주회사 달력이 걸려 있고, 대기 탁자 위에는 아무렇게나 〈선데이 서울〉이 던져져 있고, 한쪽 벽의 TV에선 프로야구가 중계되고 있었다. 눈치가 조금이라도 있는 학생이라면 누구나, '아아 이곳은 성인 마초의 세계구나' 하며, 오늘은 규정보다 몇 밀리미터 더 길게 할 것인가 하는 고민에 빠져버리게 되는 것이다. 대학에 가서 두발자율화 학교를 졸업한 친구들로부터는, 결국 그토록 깊었던 고민과 번뇌로 세분화된 스타일의 우주에 대해 '음. 스포츠 머리 했구나'라는 무신경한 소리를 듣긴 했지만, 종종 가던 이발소의 풍경에 대해서는 쉬이 잊히지 않는다.

토요일 오후가 되면 '이발'이라고 칼로 파낸 유리문의 글자 사이로 햇볕이 내리쬐고, 하얀 가운을 입은 이발사가 라디오를 툭툭 쳐가며 주파수를 맞추고, 온수와 냉수를 바가지로 퍼가며 온도를 조절하던 풍경. 공기 중에는 희뿌연 입자 같은 것들이 시간의 흔적이라는 듯 떠다니고 그 와중에 "네. 김재박 쳤습니다. 달립니다. 달립니다. 아아, 계속 달려요!"라는 꿈

같은 해설이 울려 퍼지던 시절의 기억들이 말이다(하하. 오늘은 매우 영감 같네요).

사라져가는 것에 대해 2
— 음악 감상실

이번에는 LP 다방 이야기.

우주의 별처럼 다양한 스타일을 시도했(지만 결국 어른들의 시선에는 스포츠 머리를 했)던 시절, 나는 종종 LP 다방을 들락거렸다. 아니, 고등학생이 무슨 다방이냐(!) 할지 모르겠지만, 여기서 하나 밝혀두자면, 당시 그 공간의 정식 명칭은 '르네상스 음악 감상실'이었다. 여기서 잠깐. 르네상스란 무엇인가? 그것은 인본주의 사상에 입각하여 인간의 자유와 존엄성을 회복하자는 숭고한 운동이 아니었던가. 그러한 정신에 입각하여 명명된 공간이 음악 감상실이라니. 그렇다! 공자의 가르침인 '신체발부수지부모身體髮膚受之父母'의 뜻을 실행하지 못하고, 머리에 고속도로가 날 정도로 억압적 교육에 짓눌려 있던 나의 자유의지는 '르네상스 음악 감상실'에서 폭발한 것이다. 비록 담배를 피우진 않았지만, '괜찮아, 어때'라는 식으로 태연하게 재떨이가 올려져 있는 테이블과, 헤어스타일은 비록 스포츠였지만 '뭐, 고등학생은 음악 안 듣나?'라는 투로 우리를 받아주었던 주인이 있던 공간. 그곳에선 이브 몽땅의 〈고엽〉이 당연하다는 듯 흘러나왔고, 바브라 스트라이샌드의 〈The Way We Were〉가 공기처럼 떠다녔다.

앉은 키 높이의 칸막이 사이로 밀어蜜語와 함께 담배연기가 천장으로 피어올랐고, 허공중에 흩뜨려지는 연기 뒤로 천장에 매달린 TV가 보였다. 그 TV 속에서 바브라 스트라이샌드와 로버트 레드포드는 여러 날 키스를 했고, 미스터 빅은 〈To Be with You〉를 자주 불렀다. 작은 고리철사로 지탱된 받침대 위의 TV는 그 안에서 무수한 세계를 재생하면서도 오래도록 버티었다. '아하', '웸', '미트로프', '스키드로우', '안전지대'가 모두 그 안에 있었다. 자연히 북미와 유럽, 일본이 그 안에 있었고, 스포츠 머리를 한 지방 중소도시의 고등학생은 고개를 젖혀 그 세계를 바라보았다. 어느덧 서너 시간이 흐르면 테이블 위엔 성냥탑이 쌓여 있었고, 제목을 외우지 못해 차마

신청 못한 몇몇 메모의 흔적들이 남아 있었다.

사실 나는 요즘도 음악을 들으러 LP바에 간다. 그리고 펍에서 옛날 음악을 트는 DJ도 한다. 그러나 그때의 기분이 재생되진 않는다. 허공 속에 비슷한 소리가 유영하지만, 취기와 소음에 젖어 그때의 기분이 나진 않는다. 물론 맥주를 마시며 음악을 듣는 것도 나름의 매력이 있지만, 결국은 '어쩐지 음악이 안주로 전락해버린 것 같은 쓸쓸한 기분'에 젖어버리고 만다.

토요일이나 일요일 오후에 밝은 햇살을 받으며 들어가, 부드럽게 손질된 소파에 앉아 잘 닦인 테이블을 본다. 쌍화차나 우유를 시켜놓고 신청한 곡이 틀어지길 기다린다. 음악 감상실이므로 성인도 커피나 차를 마실 뿐 술을 마시지 않는다. 담배는 피워도 취한 사람이 없으니 고성이 오가지 않는다. 자연히 작은 기타 소리와 키보드 연주음 같은 것도 소멸되지 않고 귀에 도달한다. 취기에 젖어 DJ에게 자기 노래를 먼저 틀어달라고 떼쓰는 사람도 없다. 지금 흘러나오는 노래에 맞춰 '음. 이 곡에는 이게 어울리겠지'라는 식으로 서로 호흡하듯 곡을 신청한다. 그러다 보면 당연히 DJ는 부스 안에 있지만, 부스 밖에도 DJ가 존재하게 된다. 서로 산뜻한 정신으로 '으흠. 아하군. 그럼 난 웸으로' 라는 식으로 응답하듯 신청한다. 자연히 서로의 신청곡 사이에 보이지 않는 벨트 같은 것이 존재하게 되고, 그곳에서 두세 시간 음악을 듣다 보면 서로가 하나로 묶인 듯한 기분이 든다. 물론, 당시에는 음악 동호회 같은 개념이 없었고, 존재하지도 않았지만, 나는 이 공간이 그런 모임의 자궁이 아닐까 생각한다.

그 후 대학에 입학했고, 기쁜 마음에 '자아, 이제 본격적으로 가볼까?'라고 결심하니, 르네상스 음악 감상실은 사라져버렸다. 이해할 수 없는 가사를 옮겨 적고, 많은 음표들이 떠다니던 갈색 테이블과 자줏빛 소파는 길가에 내버려져 처분을 기다리고 있었다. 제목이나 사연만 읽어줄 뿐, 별다른 말없이 음악과 음악 사이의 이음새만 손질하던 과묵한 DJ도 다시는 볼 수 없었다. 소중한 또 하나의 것이 거리에서 가슴으로 이주해왔다.

우디적
생존방식

　세상엔 실로 다양한 예술가가 있고, 그들 각자의 생존방식이 있다. 따라서 실로 다양한 예술적 생존방식이 있는 셈이다. 물론, 가장 바람직한 것은 자신이 창작한 콘텐츠만으로 아무런 걱정 없이 유한계급처럼 지내는 것이다(물론, 유한계급이 바람직하다는 말은 아니다). 하지만, 자신의 창작물이 사랑받는 것은 신의 가호를 받는 것만큼이나 인간의 의지를 벗어난 영역의 것이다.

　소설만 가지고 이야기를 해보자. 일단, 나처럼 섬세한 성격의 소유자는 소설을 쓰는 날, 습도와 온도, 바람의 향기, 원만한 가족환경, 월세를 독촉하지 않는 집주인 등, 실로 많은 변수에 영향을 받는다. 당연히 소설을 쓰려고 하는데 "어이, 아들. 급한데 말이야, 당장 이리 와서 보증 좀 서줘야겠어"라고 하면 원고를 쓸 수 없다. 물론, 마인드 컨트롤을 완벽히 하는 작가라면 "지금 당대 최고의 문장이 강림하니, 20분만 더 쓰고 갈게요"라고 하겠지만, 웬만해선 이런 전화를 받고 나면 집중이 되지 않는다. 이런 일이 없더라도, 이야기를 떠올리는 것은 항상 어렵다. 그 어려움을 극복하고 스스로 여기기에 걸작을 썼다 하더라도, 그것이 반드시 세상에 통한다는 보장도 없다.

작가의 취향과 독자의 취향이 다를 수도 있으며, 편집 과정에서 조금 문장을 손봤을 뿐인데, 그것 때문에 묘하게 어딘가 소설의 정취가 변색되어 느낌 전체가 확 달라졌다든지, 혹은 단지 표지 디자인이 늦게 나와서 출간 일정이 늦춰지고, 결국 마케팅 시점을 확보하지 못해 책을 출간만 하고 끝내버리는 경우도 허다하다. 물론, 이야기도 잘 썼고, 편집과 디자인도 잘 됐지만, 유통이 잘 안 돼서 '뭐야. 아직도 서점에 없어?! 흥. 이젠 안 살 거야' 하며 독자들이 등 돌릴 수도 있고, 이 모든 점이 잘 맞아떨어졌지만 마케팅 방식이 너무 공격적이거나, 너무 젠체하여 또 독자들이 '뭐야. 역겨워서 못 봐주겠군' 하며 등 돌릴 수도 있다. 앞서 말한 이 모든 과정이 정말 완벽하게 맞아떨어졌지만, 갑자기 사회적 이슈, 예컨대 한 정치인의 메가톤급 스캔들이나, 사회 구성원들이 모두 비통에 빠질 만큼의 국가적 비극, 혹은 갑작스런 국가대표팀의 선전, 혹은 급작스런 시위의 확산 등 통제하거나 예상할 수 없는 사건들로 인해 또 소설은 세상과 멀어질 수 있다. 이게 아니라면, 그 사회가 근원적으로 책과 작별을 고하는 중이라 안 될 수도 있다. 여하튼, 변수는 상당하다.

소설뿐 아니라, 음악·연극·뮤지컬·영화·드라마 등 모든 창작물에 대한 세상과의 소통은 나름대로의 변수에 의해 좌우되기 마련이라, 하나의 창작물이 세상으로부터 온전한 사랑을 받는 것은 창작자의 의지만으로는 이뤄질 수 없다. 그렇기에 한 작가가 자기 영역 내에서의 창작활동만 하며 생존한다는 것은 어찌 보면 상당히 이상적이다. 다시 소설로 돌아오자면, 소설가가 인세만으로 사는 것 역시 지극히 이상적이다. 물론, 이런 작가들이 있지만, 나의 관찰 결과 한국에서 이런 순수 문학가는 아무리 관대하게 쳐도 20명 안팎이다.

물론, 소설은 극단적인 경우다. 따라서 나는 영화감독들의 생존방식에 대해 관찰해보았는데, 인세만으로 사는 작가들이 있듯 당연히 흥행수입만으로 사는 감독들이 있다. 하지만, 앞서 말했던 많은 변수들이 전부 인간의 힘으로 통제될 수는 없으며, 영화는 소설에 비해 훨씬 많은 사람과 함께 하는 공동 작업이므로, 결국 자신의 색깔을 지키기 위해서는 더욱 피곤한 설득작업이 동반된다. 그리하여, 나는 흥행수입은 적지만, 나름의 영역을 구축하며 꾸준히 작업하는 감독들을 찾게 되었는데, 가장 대표적인 예가 바로 '우디 앨런'이었다. 우디 앨런은 모두가 아는 감독이다. 하지만, 우디 앨런의 영화를 모두가 보지는 않는다. 나는 우디 앨런의 영화를 상당히 좋아해서 개봉할 때마다 극장에 달려가지만, 내 기억 속에 객석이 가득 찼던 적은 단 한 번도 없다. 솔직히 말해, 객석은 언제나 비어 있는 쪽이었다. 그럼에도 불구하고 우디 앨런의 영화는 꾸준히 제작되고, 해외에서도 상영되고, 좋아하는 사람도 있다. 즉, 메이저 상업영화가 아닐 뿐, 나름대로 찾는 관객들이 있는 셈이다. 여기서 중요한 점은 이 '나름대로 찾는 관객들'이 바로 대부분 평론가와 기자, 배우, 혹은 글을 쓰는 사람들이란 것이다. 즉, 한 사회의 주요 영역에서 마이크를 쥔 사람들이 우디 앨런의 '주 고객층'이다. 그리고 이들은 각자의 지면과 무대, 브라운관에서 "아, 이번 영화는 이게 매력이었다니까요!" 하며 떠들어댄다. 그러면, 우디 앨런에 관심이 없는 사람들도 궁금해서 한두 번쯤은 보게 된다. 그리고 자신의 취향에 맞으면 고정 관객이 되고, 취향에 맞지 않으면 그냥 일회성 관객으로 끝난다. 관심 없는 사람도 한 번 봤으니, 그거로도 나쁘지 않다.

중요한 건, 우디 앨런에게 일을 제안하고, 영화를 찍을 수 있도록 투자하고, 그의 영화에 출연하는 사람들 역시 모두 그의 관객이라는 점이다. 이 '주 고객층'에게 어필하며 그는 계속 자신의 영화를 찍어간다. 런던과 로마, 파리와 바르셀로나를 거치며 영화를 찍는 그는 이제 '부디 리우데자네이루에 와서 영화를 찍어달라'는 요청을 받는다고 한다. 물론, 다른 곳에서 찍은 영화들도 상당수 그 지역자치단체의 예산이 영화에 투입됐다. 거, 참.

인세만으로, 음원수익만으로, 흥행수입만으로 생존하지 않더라도, 이런 방식으로 생존하는 예술가도 있는 것이다. 나는 이를 '우디적 생존방식'이라 한다.

시대를 앞서간

詩人의 비애

나는 소설가이지만, 사실 소설을 쓰기 전에 짧은 에세이를 주로 썼고, 에세이를 쓰기 전에는 나름대로 시를 써왔다(지금은 그렇지 않지만). 그 때문에 글 한 편을 쓸 때에도 운율과 대구를 꼼꼼히 따져가며 썼다. 그게 어느 순간 내 안에 체화되어 나도 모르게 쓰다 보니 글 속에 리듬이 형성되거나 라임이 자리 잡히게 되었다. 그러나 어느 순간부터 리듬과 라임을 챙기면서 글을 쓰는 게 단선적으로 느껴졌다. 마치 그것이 글의 목적인 양 엄격히 따지다 보니, 그것과 상관없이 쓴 자유로운 글들에서 해방감이 느껴졌다. 그 후론 의식적으로 리듬이니, 라임이니 하는 것들을 버리면서 썼다. 그랬더니 산문散文이 정

말 산만散漫한 글이 되어버렸다. 그런 탓인지 가끔씩 주체할
수 없을 정도로 시가 쓰고 싶어진다. 그래서 오늘은 시 한 편.

제목은 〈업 인 더 스카이〉.
노래를 흥얼거리듯 읽어주기 바란다.

업 인 더 스카이.
무서운 꿈을 꾼 게로구나
괜찮은 거니 어떻게 지내는 거니
업 인 더 스카이
월세가 올랐어
괜찮은 거니 어떻게 지내는 거니
업 인 더 스카이
요즘 고로케에 빠졌어
괜찮은 거니 무서운 꿈은 안 꾸니
업 인 더 스카이
스카이 콩콩을 타고 하늘로 올라가 보자
업 인 더 스카이
무서운 꿈을 꾼 거야
괜찮아 나의 품이 신경안정제야

업 인 더 스카이

젠장 월세가 하늘로 치솟았어

무서운 꿈은 꾸지 마

내 가슴이 구스다운 베개야

업 인 더 스카이

나는 사실 담백한 사람이야

세상의 안경을 벗어

요즘은 증여세 문제로 골치아파

업 인 더 스카이

나랑 도망가지 않을래?

양평의 국밥이 맛있어

업 인 더 스카이

네가 있는 곳이라면 어디라도 하늘이야

사랑한단 말은 하지 마

네 입술에 라떼 거품이 묻었어

업 인 더 스카이

내 마음은 중환자실

너의 응급 치료가 필요해

라. 면. 먹. 고. 갈. 래?

역시 나는 소설보다는 시를 쓰는 게 즐겁다. 몇 배나 즐겁다.

짧은 소설도

좋아한다

오늘은 엽편소설 한 편.

생활의 힘

노파심에 언급해두지만, 이게 딱히 내 이야기는 아니다. 아울러, 아시겠지만 내가 지금 쓰고 있는 이 글은 소설이다. 그런데, 왜 소설에 '내 이야기는 아니다'고 단서를 달아야 하는가 하면, 내가 종종 독자들에게 '당신은 소설가면서 상상력이 부족해서 죄다 당신 이야기만 쓰잖아요'라는 항의 편지를 받기 때문이다. 내 입장을 밝히자면, 상상력이 부족한 것은 맞지만 내 이야기만 우려먹는 작가는 아니다. 상관없는 말이지만, 곰탕은 우릴수록 좋다.

그건 그렇고, 이렇게 밝혀둔 이유는, 이 글에 등장하는 인물의 이름이 '최민석'이기 때문이다. '그게 그거 아니냐!'고 타박할지 몰라 덧붙이자면, 이 글에 등장하는 '최민석'은 동명이인이다. 어쨌든 이 최민석이라는 작자는 내가 출입하는 카페에 5년째 출몰하고 있다. 꾸준히 오지만, 그가 와서 하는 일이라고는 창밖으로 흘러가는 구름을 멀뚱멀뚱 바라보거나, 여행잡지를 뒤적거리거나, 가로세로 낱말 퍼즐에 골몰하는 게 전부다. 여담이지만, 부럽다.

그럼 나는 이 카페에서 무엇을 하느냐면 당연히 위대한 역작을 쓰기 위해 원고에 영혼을 쏟아붓고 있다. 그 탓에 하루치 원고를 쓰고 나면 기진맥진해 혼이 빠져버린다. 그러면 어쩔 수 없이 이 최민석이라는 작자가 하는 행동을 넋 놓고 바라보는데, 이때 나의 상태란 아무런 욕심과 상념이 없는, 즉 '무념무상'의 상태라 할 수 있다. 때문에 여태껏 그의 행동이 요상하다거나, 남다르다고 여기진 않았다. 단지, 카페에서 주인장과 식사를 함께하는구나, 정도만 알았을 뿐이다.

물론, 식사를 함께하지 않은 날도 있었다. 그런데 그때마다 그의 표정은 허무의 진창에 빠진 듯했다. 뭐랄까, 흡사 전력 질주까지 해서 역에 도착했는데, 막 기차를 놓쳐버린 듯한 얼굴 같다고나 할까. 어쨌든, 어느 날 정신을 차려보니, 이 작자는 언제부터인가 항상 주인장과 함께 식사를 하고 있었다. 마치 급한 일이 있다는 듯이 커피숍 문을 열고 달려 들어오면, 소심한 주인장은 "아아, 지금 식사하려던 참이었는데, 혹시 한 숟가락…?" 하며 마지못해 물어봤고, 이 최민석이란 작자는 "아, 그럼 성의를 생각해서 맛만 볼까요?"라며 숟가락을 들더니, "어이구 이거, 어이구 이거……이거, 이거…… 완전…… 하아 이거…" 하며 계속 먹어댔다. 나는 그 광경을 보며 단지 '저 양반, 식성이 머슴 같군' 하고 생각했을 뿐이었는데, 어느 날 예의바른 주인장이 그를 향해 "아이, 철면피 같은 식충 자식아" 하며 고함을 버럭 지르고 싶은 표정을 하고 있는 걸 발견하였다. 물론, 그 순간에도 최민석은 "아 이거, 어 이거…… 오, 이거…… 생협 된장!…… 오 이거" 하며 볼이 터지도록 우걱우걱 먹고 있었다.

주목할 점은 이 최민석이라는 작자가 항상 주인장이 식사를 하기 십 분 전에 도착한다는 사실이었다. 매일같이 온다는 점은 애교 수준이고, 징그럽도록 놀라운 점은 사실 주인장이 식사를 하는 시간이 일정치 않다는 것이다. 주인장이 '오늘은 도저히 저 인간에게 뺏길 수 없어'라는 일념 하에 기습적으로 요리를 시작하면, 준비가 끝날 즈음 '좋은 아침!' 하면서 최민석이 스윽 나타나는 식이었다. 좀 더 관찰해보니, 주인장이 어제 1시에 밥을 먹었다면 오늘은 2시, 내일은 2시 20분, 이런 식으로 변칙적인 식사를 했는데, 수학을 전공했다는 최민석은 로그 방정식을 써가며 여러 변수, 즉 '전날 주인의 음주량, 방문한 손님의 숫자, 설거지의 양' 등을 고려해 다음 날 식사시간을 꼼꼼히 예측했다. 게다가 원두를 볶는 날과, 월세를 내는 날 등, 다양한 육체적·심리적 피로도까지 매개변수로 잡아 과학적으로 측정해댔다. 독립변인과 종속변인, 매개변수 등을 세심히 챙겨서 계산한 결과, 그는 항상 식사 십 분 전에 '좋은 오후!', '멋진 저녁!' 하며 등장해 나와 주인장을 질리게 만들었다. 물론, 십 분 뒤에는 "어우 이거…… 아우 이거…… 으으 이거……" 하며 감탄을 쏟아냈다. 그러고 한 달이 지나자, 이제는 주인장 쪽에서 "으으 이거…… 아우 이거……"라는 신음을 토해냈는데, 당연히 문자만 같을 뿐, 신음이 탄생하게 된 역사적·태생적 배경과 활용 의도는 이복동생처럼 현격하게 판이한 것이었다. 한데 희한하게도 이 감탄과 신음은 매번 동시에 터져나와, 둘의 언어는 어째서인지 고음과 저음의 화음처럼 기묘히 어우러졌다.

— 어우 이거♬ 아우 이거♪ 으으 이거♩

문제는 어느 순간부터인지 내가 이 불협화음 같은 효과음이 없으면 도저히 글을 쓸 수 없게 되었다는 것이다. 무슨 영문인지 이 애증의 화음이 없는 한, 한 문장도 쓸 수 없는 기운에 흠뻑 젖고 말았다. 때마침 화음이 들리는 틈을 타, 지금 이 원고를 잽싸게 쓰고 있다. 그리고 어째서인지 나 역시 타이핑을 하면서 소리를 내게 된다.

"어우 이거…… 아우 이거…… 으으 이거……"

주인장 역시 언제부턴가 주걱으로 야채를 볶으며 탄성을 지른다.

"어우 이거…… 아우 이거…… 으으 이거……"

간혹, 애증은 생활의 힘이 되는 걸까.

아우 이거. 어우 이거… 으으 이거.

컨트리 뮤직과
시간의 복원

학창시절 교환학생으로 미국 남부의 한 대학에 간 적이 있다. 대학은 미시시피 주에 있었는데, 그곳은 매우 보수적이고 인구밀도가 낮은 지역으로 우리가 흔히 아는 《톰 소여의 모험》이나 《허클베리 핀의 모험》의 배경지이기도 하다. 캠퍼스는 미시시피에서도 굉장한 시골에 위치해 있어서, 인근 공항에 도착했을 때 내가 처음 받은 인상은 '이런 공항이 존재한단 말이야?'였다. 눈으로 보고서도 그 실존을 믿기 힘들 정도로 공항은 시외버스터미널 같았다. 게다가 우리가 탄 경비행기가 착륙하자, 공항 직원들은 드디어 일이 끝났다는 듯 서둘러 퇴근해버렸다. 공항엔 금세 비수기의 해변 같은 기운이 폭우처럼 내렸고, 마중 나온 한인 학생회장은 몹시 권태로운 자세로 서 있었다. 그의 표정을 문장으로 치환하자면 '이거, 성가시지만 내가 안 나오면 답이 없단 말이야'와 같았다. 그 표정은 금세 이해됐는데, 공항이라봐야 버스나 택시 따위가 한 대도 없어 누군가 애써 차를 몰고 오지 않는 한 공항을 벗어날 길이 없었던 것이다. 그 정도로 시골이어서 교환학생으로 지내는 두 학기 동안 한 것이라고는 공부와 농구, 그리고 가끔씩 참석한 맥주 파티 정도가 고작이었다.

남아도는 것이 땅덩어리인지라 학교 체육관은 한국의 웬만한 호텔 피트니스 클럽보다 컸으며, 농구코트 역시 웬만한 실업농구 경기장 정도는 됐다. 나는 과연 현지인들이 이 넓고, 황량한 곳에서 '농구'와 '피트니스' 외에 어떤 취미생활을 가지고 사는지 궁금했다. 주말이 되면 영화관에는 갈까, 이곳에도 클럽 같은 것이 있어서 청춘남녀들이 알코올에 취해 데이트 비슷한 것이라도 하는 걸까, 설마 바비큐 파티 따위로 청춘을 진탕 소진하는 건 아니겠지, 하는 의구심을 가진 채 몇 달을 보냈다.

그러다 '찰리'라는 녀석을 알게 됐다. 녀석은 흡사 〈슈퍼맨〉 1편에 주인공으로 등장했던 '크리스토퍼 리브'를 닮았는데, 언제나 픽업트럭을 몰고 다녔다. '아니, 어째서 대학생이 픽업트럭 따위를 몰고 다니냐?!'고 의아해한다면, 미국 남부에 한 번 가보기 바란다. 그것도 미시시피에 가서 광활한 목화밭과 끝없이 펼쳐지는 황무지와 너비를 가늠할 수 없는 미시시피 강을 보는 순간, '음, 역시 픽업트럭이군' 하는 표정을 어쩔 수 없이 짓게 될 것이다. 여하튼, 아니나 다를까, 녀석은 내게 "어이, 초이. 주말에 바비큐 파티 하러 가지 않을래?" 하고 물었는데, 나는 드디어 올 것이 왔구나 싶었다. 낡은 리바이스 청바지에 진흙이 잔뜩 묻은 랜드로버 풍의 워커를 신은 녀석들이 약속이라도 한 듯 모두 체크무늬 남방을 입고 나타났다. '허어. 카우보이 모자를 쓴 녀석이 없어서 다행이군' 하고 생각한 찰나, "어이. 늦어서 미안!" 하며 한 녀석이 카우보이 모자를 쓰고 등장했다. 말보로 광고라 해도 좋을 법한 풍경이 펼쳐졌고, 녀석들은 매우 익숙한 듯 돌로 쌓은 천연 고기판 위에 돼지 한 마리를 올려놓고 굽기 시작했다. 돼지에서 빠진 기름이 불에 떨어질 때마다 불길은 화가 난 듯 거세게 타올랐고, 그때마다 카우보이 모자는 능숙하게 돼지에 꽂은 꼬챙이를 좌우로 돌려댔다. 물론, 어디선가 가져온 양동이에는 얼음과 버드아이스가 가득했다.

그런데, 내가 왜 이 말을 이렇게 길게 하느냐고? 그때 우리는 '컨트리 뮤직'을 들었다. 실은 남부에 간 후로 녀석들의 차를 얻어 탈 때마다 줄곧 컨트리 뮤직을 들어왔다. 그때마다 녀석들은 '이히', '유후', '웁스' 따위의 몹쓸 추임새를 넣으며 춤을 췄는데, 나는 속으로 '어째서 이런 음악을 듣고 춤을 출 수 있는 거지?'라고 생각했다. 하지만, 돼지는 돌 위에서 익어 가고, 맥주 가득한 양동이의 표면에 이슬이 맺히고, 하늘의 별은 머리 뒤로 떨어질 듯 가까웠던 그 밤, 나는 그만 '음. 역시 컨트리 뮤직이야' 하는 표정을 어쩔 수 없이 짓고야 말았다. 한 시간 후 '웁스', '이히' 따위의 몹쓸 추임새와 함께 나도 춤을 추었다.

오늘 아침, 나는 컨트리 뮤직을 틀었다. 음악은 첨단과학기술이 아직도 해결 못한 '시간을 되돌리는 법'을 아무렇지도 않게 실행했다. 그 산화된 시간을 복원함과 동시에 생의 어느 순간 내게 작별을 고한 때의 정취와 감흥까지도 복원해주었다. 자연스레 십 년 전, 소나무가 울창했던 이름 모를 숲으로 나를 끌고 가 컨트리 뮤직에 춤을 춰보라 했던 녀석들이 떠올랐다. 내 방의 허공에 체크무늬 남방과 리바이스 청바지, 그리고 카우보이 모자가 둥둥 떠다니는 것 같았다. 물론, 혼자서 춤을 추었다. 몹쓸 추임새도 흥얼거리며 말이다. '이히!'

*

그나저나, 컨트리 음악은 처음 들으면 매우 트로트 같습
니다.

어쩔 수 없이

도쿄■

사람마다 타지에 가면 하는 일이 있기 마련이다. 나는 별탈 없으면 맥주를 마신다. 그렇기에 머릿속에는 맥주를 마시기 좋은 도시들의 순위가 매겨져 있다. 맥주 자체의 맛만 놓고 본다면 당연히 벨기에의 도시들이 최고겠지만, 조금 다른 이유로 어쩔 수 없이 도쿄가 1위다.

'일본의 생맥주는 흔한 게 아니냐!' 한다면 할 말은 없지만, 맥주를 마시기 좋은 도시라는 건 단순히 맥주만 좋아서 되는

■   이 글은 〈얼루어〉란 잡지로부터 '최고의 도시'란 주제로 청탁을 받아 쓴 글입니다.

건 아니기 때문이다. 당연한 말이지만, 일단 안주가 좋아야 한다. 하지만 그렇다 해서 안주가 거창할 필요까진 없다. 그저 간단한 계란말이나 꼬치구이 몇 줄, 간이 잘 밴 단무지 정도만으로도 충분히 기분이 좋아진다. 그러므로, 작심하고 고급 안주를 시키면, 때론 감동까지 한다. 게다가 맥주의 맛은 장소의 분위기에 따라 제법 달라지기도 하는데, 대리석이 위용 있게 깔리고 쌀쌀한 기운이 내려앉은 거대한 성보다는 아무래도 아기자기하고 따뜻한 기운이 감도는 나무탁자와 나무의자가 제격이다. 계속 맥주 이야기만 해서 미안하지만, 하는 김에 좀 더 하자면, 맥주를 잘 마시려면 날씨도 따라줘야 한다. 낮에는 화창한 햇볕이 내리쬐고, 밤에는 선선한 바람이 불어야 하지만, 그렇다 해서 너무 쌀쌀해지면 곤란하다. 낮에 바람이 분다 해도 공원에 누워 하늘을 볼 때, 나뭇잎들이 바람결에 소리를 내고 움직일 정도면 적당하다. 봄에는 벚꽃이 적당히 피어 있고, 여름에는 보름달이 둥그렇게 뜨고, 가을이면 거리에서 선선한 바람이 불어오면, 어쩔 수 없이 동공은 이미 승냥이처럼 '기린', '산토리', '삿포로' 따위의 글자를 찾아 헤매고 있는 것이다.

게다가 아무도 마시지 않는데, 나 혼자 마시면 아무래도 머쓱하기 마련인데, 도쿄에선 그럴 일이 없다. 마시지 않는 편이 오히려 머쓱할 정도다. 기차에 타면 풍경이 좋으니까 꿀떡꿀떡, 점심시간의 덮밥집에선 직장생활이 힘드니까 또 꿀떡꿀떡, 저녁시간엔 이대로 하루를 끝내자니 아쉬워서 역시나 꿀떡꿀떡, 하는 소리가 정오부터 저녁까지 도시를 채우고 있는 것 같다.

과장하는 것을 좋아하진 않지만, 동경의 맥주는 이런 식으로 소비되고, 동경의 하루는 이렇게 저물어간다. 눈을 뜨면 어제의 맥주를 몸에서 배출하고, 해가 뜨면 오늘의 맥주를 몸으로 넘기는 식이다.

그렇다고 해서 맥주가 고급 주류는 아니니까, 별 부담 없이 꿀떡꿀떡 할 수 있다. 술을 왕창 마시는 사람이라면 곤란하겠지만, 나처럼 두세 잔 정도 마시면 볼일이 끝나버리는 사람으로선 상당히 매력적인 도시다. 또한 안주를 하나만 주구장창 먹는 사람이라면 곤란하겠지만, 나처럼 이것저것 야금야금 먹는 사람에게는 역시 매력적인 도시다. 아니, 어째서 괜찮은 도시를 이야기하면서 줄곧 맥주 이야기만 하냐고 묻는다면, 그건 각자의 기준이 다르므로 어쩔 수 없다. 가령 낯선 도시에 가자마자 쇼핑을 왕창 하는 사람이라면, 홍콩이나 콸라룸푸르, 아니면 파리가 마음에 들 것이고, 반드시 서핑을 해야 소화가 되는 사람이라면 어쩔 수 없이 호놀룰루나 롱비치가 제격인 것이다. 이런 측면에서 보자면, 나는 일단은 꿀떡대며 마셔야 하니까, 여기저기서 꿀떡대는 도쿄가 최고인 셈이다.

그나저나, 도쿄에서 즐겨 마시던 생맥주들이 서울에 많이 들어왔다. 물론 일본의 가격보다는 비싸지만, 당장 오늘 밤에 맥주 한잔 생각났다 해서 비행기를 타고 날아갈 수는 없는 법이기에, 아쉬운 대로 마시곤 했다. 그러나 같은 듯 다른 그 미묘한 차이가, 날이 갈수록 더욱 커지는 느낌이다. 이유는 다양하다. 한국에 들어온 맥주는 중국산이라는 둥, 맥줏값이 비싸 손님이 찾지 않은 탓에 생맥주가 오래됐다는 둥, 여러 말이 있다. 그러나 나는 거품이 입술에 닿고, 한 모금이 목을 넘어가는 순간, 슬프게도 다시 절감해버렸다. 술의 풍미를 돋우는 가장 중요한 요건 중 하나가 바로 그 지역이라는 것을. 제주의 풍경을 바라보며 마시는 제주 생막걸리가 어찌 서울의 빌딩을 바라보며 마시는 그것과 같을 수 있을까. 남해의 바위 위에서 회를 뜨며 마시는 경남 하이트 소주가, 담배연기 자욱한 종로 뒷골목 선술집의 그것과 어찌 같을 수 있단 말인가. 술에는 무릇 그 지역의 풍경과 공기와 냄새와 바람, 그리고 현지인들의 대화가 무엇으로도 대체할 수 없는 안주이자, 애피타이

저인 셈이다. 그러므로 동경의 네온사인 아래 밤바람을 맞으며 마시는 생맥주는 그곳이 아니고서는 대체 불가능한 것이다. 이러니, 내게는 어쩔 수 없이 도쿄일 수밖에….

건투를 비는
책갈피

내 돈으로 사지 않는 게 두 가지 있다. 하나는 내가 쓴 소설이고 다른 하나는 책갈피다. 이 둘이 전혀 필요 없거나, 일말의 가치조차 없다는 건 아니다. 물론이다. 어디까지나 '이것까지 내 돈으로 사야 하나?' 하는 생각 때문이다. 내 소설이라면 쓰면서 이미 질리도록 읽었다. 내 돈을 들여가면서까지 굳이 또 한 권을 살 필요는 없다. 반면, 책갈피는 다르다. 예전엔 여행을 가면 기념으로 독특한 책갈피를 사들일 정도로 열성이었다. 취미라면 취미였다. 하지만, 지금은 모두 잃어버렸다. 결국 나는 '잃어버릴 정도로 사소한 것은 사지 않는다'고 결심했다. 그런 이유로 아직까지 책갈피는 사지 않고 있다.

그럼, 무엇으로 책갈피를 쓰느냐고? 명함이다. 직장을 다니지 않으므로 비즈니스를 위해 명함을 모아둘 필요는 없다. 연락이 필요한 사람은 받자마자 바로 전화기에 저장해둔다. 그렇다 해서 애써 준 명함인데 '자, 번호를 저장했으니 그럼 안녕' 하며 냉정하게 버릴 수도 없다. 그래서 어영부영 책갈피로 쓴다. 한데, 명함을 책갈피로 쓰다 보면 오묘한 감정에 휩싸일 때가 있다.

잠시 독서 습관에 대해 말하자면, 나는 책을 동시에 여러 권 읽는 스타일이다. 게다가 책을 읽다 말았다는 것을 잘 잊는 유형이라, 반드시 읽던 책은 집 여기저기에 눈에 띄게 둔다. 따라서 책들이 책상 위에 몇 권, 소파 옆에 몇 권, 하는 식으로 곳곳에 쌓여 있다. 물론, 그 책마다 명함이 꽂혀 있다. 그러다가, 문득 '아, 저번에 그 벚꽃나무 아래서 옷을 벗던 남녀는 마저 다 벗었나?' 하며 책장을 다시 펼쳐본다. 그러면, 간혹 책 속의 문장이 아닌, 꽂아둔 명함에 눈이 간다. 대부분은 '어허. 이 사람이 이런 야한 소설에 꽂혀 있었군. 어울리는데!' 하며 넘어가지만, 간혹 애써 잊었던 사람이 나오면 책에 집중이 되지 않는다.

예컨대, '아니. 이 기자는 하기 싫다는 인터뷰를 사정을 해서 했더니, 쓰지 않기로 약속한 말을 멋대로 써버렸잖아!'라는 옛 생각이 나기도 하고, '아니. 이 제작자는 당장 영화를 만들 것처럼 하더니, 다시 연락을 주기로 한 뒤 열 달이 지나버렸잖아' 하며 지난하게 보냈던 시간이 한순간에 밀려오기도 한다. 그런데, 말했다시피 이런저런 복잡한 생각이 든다 해서 명함을 버릴 순 없다. 그저 종잇조각 하나에 불과하지만, 어쩐지 명함을 버린다는 것은 그 사람이 지금 걷고 있는 인생을 외면한다는 생각이 들기 때문이다. 그 탓에 '뭐, 갑자기 기억상실증 같은 거에 걸려서 연락을 못 하는 걸 수도 있잖아. 안 그래도 잘 잊게 생겼어'라고 체념하고야 만다. 인터뷰 때 한 약속을 지키지 않은 기자 역시, '약속을 안 지켰으니 자신은 훨씬 더 괴로웠을 거야' 하고 생각하다 보면 오히려 미안해지기까지 한다. 마치 프로야구 시합 전에 애국가를 부르는 선수처럼 비록 짧은 시간이지만 책을 읽기 전에 이런저런 일들을 회고하고 넘긴다. '모두 행복하게 지냈으면 좋겠군' 하고(이번 주는 박애주의자 콘셉트입니다).

사실 일상에서 매일 만나는 사람은 어떤 식으로든 서로 꼬인 매듭을 풀 기회가 있기 마련이다. 하지만, 감정이 어긋나 자기 삶 속으로 '훙' 하고 돌아가 버린 사람과는 풀 기회가 없다. 이럴 경우엔 비록 혼자지만 꼬여버린 감정의 매듭을 묵묵히 푸는 수밖에 없다. 물론, 하루를 작정하고 '자, 이름을 가나다 순으로 다 떠올려볼까'라고 하는 건 너무 억척스럽다. 당연한 말이다(혹시 독자 중에 이런 분이 계시다면, 죄송합니다). 나는 마음속에 앙금을 남겨두고선, 일상을 수행할 수 없는 부류에 속한다. 그렇기에 책갈피로 명함을 꽂아두고, 이 글에 쓴 과정을 반복한다. 야구선수가 원하든 원치 않든, 애국가가 흐를 때 잠시 서 있듯이. 그나저나, 여러분은 어떠신지요?

*

참고로 가장 답답한 경우는 명함 속의 주인공이 누구인지 도통 기억나지 않을 때인데, 그럴 때마다 명함 귀퉁이에 안주 양념이 묻어 있다.

망원유수지의
족구대혈전足球大血戰

종종 집 앞에 있는 망원유수지 체육공원이란 곳에서 달린
다. 근사한 러닝 트랙이 있고, 해가 지면 야구장처럼 야간 조
명도 켜주기에 제법 운치가 있다. 지난 일요일에도 운동화 끈
을 매고 갔는데, 마침 대규모 족구대회가 벌어지고 있었다. 대
부분 동호회 회원들로 비슷한 풍경을 연출하며 시합을 펼치
고 있었는데, 내 눈을 유독 잡아당긴 승부가 있었다. 두 노인
이 대회 따위는 신경 쓰지 않으며 단 둘이 네트를 가운데 두
고 족구를 하고 있었다.

어째서 단 둘이 족구를 할 수 있단 말인가. 둘이 하면 테니
스가 아닌가, 라고 반문한다면, 맞히셨습니다. 짝짝짝. 당신의

천재성에 감탄하며 밝히자면, 이 둘의 행위는 실상 발로 하는 테니스였다. 수시로 중년으로 보이는 선수가 물주전자도 날라서 오고, 옆에 막걸리도 있는 걸로 보아 '웬만해선 경기가 끝나지 않을 것 같다'는 인상까지 풍겼다. 아니나 다를까, 내가 조깅을 마칠 때까지 시합은 끝나지 않았다. 물론, 나는 집에 돌아와 샤워를 했고, 나름대로 주말 일과를 보냈다. 그런데, 어찌된 영문인지 이 할아버지들의 기묘한 시합이 뇌리에서 떠나지 않았다. 결국 나름대로 추측을 하게 됐다. 이 둘에게는 세상이 납득할 수 없는 과거가 있을 것이라고. 자, 다음은 나의 가설.

때는 바야흐로 1972년. 한때 암흑계를 제패했던 두 인물이 은퇴하여 새로운 삶을 살고자 하려 한다. 둘 다 본명은 알 수 없다. 알려진 것은 별명뿐. 한 인물은 날아차기를 할 때 점프력이 출중하다 하여 '귀뚜라미', 다른 인물은 한눈에 여심을 훔칠 수 있는 꽃미남이었기에 '알랭드롱.' 이 둘은 말끔하게 손을 씻고 암흑가라면 뒤돌아보지도 않은 채 새 삶을 살고자 했다. 강력한 라이벌이자 완전히 다른 색채의 조직에 몸담았던 이들에게도 공통점이 있었으니, 그것은 바로 이 둘이 족구를 미치도록 사랑한다는 것이었다. 따라서 현역 시절에도 맞붙은 적이 없어 소문만으로 서로의 존재를 알아온 이들이 은퇴를 하여 일전을 겨루게 될 기회는 오직 족구밖에 없었다. 신이 무료하기라도 했던 것일까. 아니면, 몹쓸 무당이 몰래 어디선가 이 둘의 격전을 위해 기원제라도 드린 것일까.

알랭드롱은 강동지역을 평정한 '천마 족구단'의 일원으로, 귀뚜라미는 영등포를 제패한 '드래곤스 족구단'의 일원으로 대회에 참가했다. 개회사가 스피커에서 울려 퍼질 때부터 심상치 않은 기운이 퍼졌고, 당연한 듯 천마 족구단과 드래곤스 족구단은 결승에서 맞붙게 되었다. 옛말에 낭중지추라 했던가. 발군의 실력을 가진 알랭드롱과 귀뚜라미는 아무리 과거를 숨긴 채 평범한 조기 족구회의 일원으로 살아가더라도, 상대의 존재를 한눈에 알아보았다. 주변의 여중생부터 칠십 노파의 입에 침을 질질질 흘리게 하였던 외모를 보는 순간, 귀뚜라미는 상대가 알랭드롱이라는 것을 알아챘다. 알랭드롱 역시 가장자리 끝에 떨어져 도저히 받을 수 없는 서브를 무려 2m 가까이 점프를 해 기어코 받아내는 걸 보고 상대가 귀뚜라미라는 걸 직감했다. 이때부터, 이 둘의 족구는 다른 선수들은 개의치 않는다는 듯 오직 상대만 노린 공격과 반격, 도전과 응전, 방어와 재방어로 이어졌으니, 다른 이들은 가만히 서서 둘이 주고받는 공을 멍하니 구경만 해야 할 만큼 승부는 격렬해졌다.

한데, 당시 주심 역시 세상사에 눈이 밝은 자로서 이 둘이 바로 과거에 명성을 날렸던 '귀뚜라미'와 '알랭드롱'이라는 것을 눈치 채버렸다. 잠시 주심이 요청한 특별 휴식으로 인해 협회의 긴급회의가 열렸고, 이 둘의 실체를 알게 된 다른 선수들은 그 자리에서 그만 오줌을 싸버리고 기권해버렸다. 결국 둘만 남아 전국 제일의 족구선수를 가린다는 명목 하에 결투를 벌였으니, 이는 실상 당대 최고의 협객을 뒤늦게 족구로 가리는 자리였다.

코트 위에 둘만 서 있게 되자 알랭드롱은 곱상한 외모 뒤에 숨겨온 본연의 터프함을 서브에 실었다. 순간 코트가 갈라지고, 흙먼지가 일어나 경기장 일대는 사하라의 모래폭풍이 일어난 것처럼 한 치 앞을 볼 수 없게 되었다. 일순 최루탄이 터진 시위장처럼 사람들은 일제히 코와 입을 막으며 재채기를 해댔고, 모래가 들어간 눈에선 눈물이 우기의 태국 빗물처럼 쏟아졌다. 하나 밀물이 있으면 썰물이 있는 법. 사람들의 신체에서 눈물·콧물이 모두 빠져 이제 나갈 것은 영혼밖에 남지 않았을 즈음, 마음 약한 신이 불어준 입김이 바람이 되어 모래를 날려버렸다. 그제야 사람들은 눈물과 콧물을 거두고, 다시 코트로 눈길을 향했다. 그런데, 어찌된 영문일까. 바람이 모래를 실어간 코트 위에는 알랭드롱만이 외롭게 서 있었다. 그 어디에도 귀뚜라미는 보이지 않았다. 알랭드롱의 강력한 서브에 맞아 내장이 터져버리고, 그 잔해가 바람에 날려가 버리기라도 했단 말인가. 아니면 강서브에 맞아 몸이 경기장 밖으로 이미 날아가 버렸단 말인가.

이때, 허공은 호방한 웃음소리를 울려냈다. 모두 고개를 올려보니, 귀뚜라미가 저 멀리 하늘에서 "하하하하"라고 웃으며 내려오고 있었다. 그런데, 그 몸이 마치 나사못처럼 회전하면서 내려왔으니, 그가 착지할 때 발끝에 공의 한쪽 면이 맞아 강력한 스핀과 함께 알랭드롱 쪽으로 넘어갔다. 알랭드롱은 역시 이번에도 미남자답게, 당황하지 않으며 그 공을 강력한 킥으로 받아 넘겼다. 귀뚜라미는 이리저리 점프를 하며 공을 360도 회전차기로 넘겼다. 이렇게 둘의 시합은 두 시간, 세 시간을 넘어 열 시간으로 이어졌고, 결국 격전은 다음 해로 연기되었다. 그리고 그다음 해의 격전도 낮과 밤을 거쳐, 새벽으로, 다시 그다음 해로 이어졌으니, 이렇게 이 둘은 결판나지 않은 승부를 매년 이어온 것이다. 그러는 사이 이 둘은 기력이 쇠하기 시작했는데, 미운정이 고운정보다 더 무섭다고 했던가. 이 둘의 사이에서 마침내 우정이 싹트기 시작했는데, 그것은 실로 설명하기 애매한 감정이었다.

귀뚜라미는 간혹 알랭드롱의 코트 위로 풀쩍 넘어가기도 했고, 알랭드롱은 예의 그 꽃미남의 살인미소로 귀뚜라미를 반겼다. 그럴 때마다 귀뚜라미는 기분이 좋아 다리를 모으며 폴짝폴짝 뛰며, 까르르르 웃었다. 이제 밝혀 미안하지만, 사실 이 둘은 전생에 부부였던 것이다. 허나 부부싸움을 워낙 심하게 해 신이 다음 생에는 원수로 태어나는 벌을 내린 것이다. 하나 애정은 원래 증오와 맞닿아 있는 법. 이 둘은 긴 증오의 세월을 거쳐, 서로의 끈이 애정으로 묶여 있다는 것을 깨닫게 되었으니, 결국 2013년 어느 일요일 오전에 막걸리 한 병을 두고 사이좋게 서로에게 공을 넘기고 있게 된 것이다.

사랑은 네트를 타고, 통통통.

별은

내 가슴에

지난주에 이은 망상 또 하나.

언젠가 다른 시대에, 다른 나라에서 태어난다면 어떤 직업
이 좋을까 생각해봤는데, 몹시 골치 아팠다. 우선 어떤 시대
를 선택하면, 막상 직업은 다른 시대의 것이 마음에 들었다.
마찬가지로 어떤 직업을 선택하면 그 (직업을 실천가능한) 시대
가 마음에 안 들었다. 예컨대 사립탐정이란 직업은 굉장히 매
력적이지만, 17세기 프랑스에서 그런 게 가능할 리 없다. 일본
의 막부시대도 마음에 들지만 그 시대에 항공기 조종사 따위
가 있을 리 없다. 이런저런 이유를 따지다 보니 결국 남은 것

은 '서부시대의 무법자(이것도 직업이라 할 수 있나?)', '1960년대의 영국 로커', 그리고 '19세기 영국의 항해사' 정도였다.

　일단, 무법자는 말 그대로 법을 따지지 않으니 무척 편하다. 노상방뇨 따위도 걱정 안 해도 되고, 술값도 눈썹 한 번 추켜올리는 것으로 넘어간다. 마음에 들지 않는 고리대금업자에게 겁을 줘도 되고, 맥줏집에서 마음에 드는 여인과 건배를 하고 춤도 춘다. 아침이 되면 '구속하지 마'라는 간단한 메모만 남기고, 조용히 말을 타고 사라진다. 새벽녘의 어스름을 배경으로 내 말의 엉덩이는 마을에서 연기처럼 사라진다. 그래도 밥벌이는 해야 하니까, 현상금 사냥 같은 걸로 적당히 총도 쏘면서 정부의 눈먼 세금을 쏙쏙 받아낸다. 물론 고독한 무법자답게 가슴 아픈 과거도 하나쯤 있다. 그건 바로 내 직업을 못마땅히 여긴 아버님 탓에 헤어질 수밖에 없었던 '첫사랑 메리'다. 나는 익명의 봉투에 현금을 담아 그녀에게 매달 꼬박꼬박 보내고, 조지아에 사는 메리는 봉투를 열 때마다 '오오, 스콧' 하며 눈물을 훌쩍인다. 그러나 나는 개의치 않는다. 나는 한 여자를 사랑할 자격이 없는 무법자니까. 그러다 어느 날 등 뒤가 시원해지며 바람이 통하는 느낌을 받아, 손을 가져다 대보니 따뜻한 피가 흐른다. 그렇다. 나는 결국 무수히 잡아넣었던

수많은 범죄자 중 하나에게 복수를 당한 것이다. 그렇게 나는 서부시대 무법자로서의 생을 마감하며 눈을 감는다.

눈을 뜨면 나의 등 뒤를 관통했던 시원한 바람이 뺨을 거칠게 때리고 있다. 거대한 구름이 전력 질주하듯 바람에 떠밀리고 있고, 회색 갈매기들이 날개를 활짝 펼친 채 유랑하고 있다. 이번엔 19세기 영국의 항해사. 배 이름은 전생에 이루지 못한 사랑을 잊지 말라는 뜻인지 공교롭게도 '메어리.' 나는 배 이름을 보자마자, 예리한 본능으로 이 배의 목적지가 조지아라는 것을 알아챈다. 1등 항해사인 나, 스콧은 키를 조종할 수는 있지만 세상의 사다리에 오르는 것엔 관심이 없다. 내가 하는 일은 밤마다 불어오는 대서양의 바람 속에 그날의 근심과 이생의 회한을 담아 날려 보내는 것, 오로지 그뿐이다. 그리고 어쩐지 감수성이 처치 곤란할 만큼 풍부해져 밤하늘에 잔뜩 걸린 별을 보며 시詩를 쓴다. 물론, 영시다.

One star sparkling(반짝 별 하나)

Two star sparkling(반짝 별 둘)

Three star sparkling(반짝 별 셋)

나는 1등 항해사이자, 문법을 과감하게 무시하는 자유로운 유랑시인인 것이다. 시적허용의 최대 수혜자라고나 할까. 이번엔 익명의 봉투에 자작 영시를 꼬박꼬박 담아둔다. 이 모든 것이 메리에게 보낼 내 사랑의 흔적이다. 두 번의 생에 걸쳐 이번에야말로 사랑을 이루고자 작정한 것이다. 그러나 예로부터 유명한 잠언이 있었으니, 그것은 바로 '첫사랑은 이루어지지 않는다'는 것. 이를 증명이라도 할 요량인지, 지난 생에 내 등을 관통했던 바람은 거대한 풍귀風鬼가 되어 '메어리 호'를 덮친다. 나는 풍랑 속에서도 '메어리, 오! 나의 별'을 외치며, 파도 속에 사라진다. 그 말은 메아리가 되어 바다 속에 잠기고, 나의 명작 영시 〈Three Star Sparkling〉도 바다 속에 잠긴다. 비련의 아픔을 토해내는 나의 입속으로 무정한 대서양의 파도가 꾸역꾸역 들어온다. 나는 비탄에 젖어 외친다.

"아, 짜다." "정말 짜다!"

눈을 떠보니, 백열등이 깜빡이고 있다.

벽에는 기타를 메고 있는 내 사진 위에 입술모양으로 찍힌 붉은 립스틱 자국이 잔뜩 묻어 있다. 이번엔 전설적인 영국의 록밴드 '배틀스'의 기타리스트. 우리는 록밴드 사상 최초로 무대 위에서 연주경연, 즉 '록배틀'을 선보여 '배틀스'라 불린다.

"이봐. 스콧. 자넨 너무 짜게 먹어서 탈이야. 어째서 염분과 다섭취 따위로 입원할 수 있단 말이야?"

맥주의 맥아 맛에 푹 빠져 있는 폴 맥아트니가 말한다.

"하마터면 염분과다로 죽을 뻔했단 말이야."

폴의 말이 귀에 들어왔다가 금세 빠져버릴 정도로, 나는 지금 실의에 빠져 있다.

"이봐. 폴. 음악이고, 팬들이고, 다 필요 없어. 내게 필요한 건 단 하나뿐이야. 정말 하나뿐이야."

그러나 말을 잇지 못한다. 주사 맞을 시간이 되었기 때문이었다. 나는 엉덩이를 내놓은 채 폴에게 말을 한다.

"그녀의 이름은 메리야. 내겐 메리가 전부야. 메리가 나의 우주야."

그때 엉덩이 위로 뜨끈한 액체 한 방울이 떨어진다. 두 번의 생에 걸쳐 비련을 겪은 나는 본능적으로 몸을 돌린다. 간호사 제복의 명찰에 새겨진 이름은 다름 아닌 '메리!' 그 이름이 형광등에 반사돼 반짝반짝 빛난다. 별처럼 영롱한 그녀의 눈망울 역시 그렁그렁 젖어 반짝반짝 빛나고 있다.

그녀는 보드라운 손을 뻗어, 내 손을 잡고서 긴 세월 동안 새겨온 안부 인사를 마침내 건넨다.

"One Star Sparkling"

나 역시 오랜 세월 동안 영혼에 새겨온 암호를 답한다.

"Two Star Sparkling"

그리고 나는 세 번에 걸쳐 내 생을 억눌렀던 말을 혼자서 조용히 고친다.

'첫사랑은 이루어지지 않는 게 아니다. 단지 미루어질 뿐이다.'

우리를 비추는 형광등 조명 세 개가 마치 세 개의 별처럼 반짝반짝 빛난다.

그녀의 손에는 19세기 어느 항해사가 썼다는 유고시집 《Three Star Sparkling》이 들려 있다.

— 끝 —

영사기와
타자기

　나는 본질적으로 사람이 자기중심적이라 생각한다. 물론 어떤 개인이 이타적일 순 있다. 그러나 그 역시 타인에 비해 상대적으로 이타적일 것이라는 뜻이다. 모든 개인이 이기적이라고 단언할 순 없지만, 모든 개인은 어느 정도 자아중심적이라고는 할 순 있(을 것 같)다. 당연히 나도 이러한 개인 중 한 명이다. 영화를 보면서 어쩔 수 없이 느꼈다. 지난 일요일 나는 우디 앨런의 신작 〈블루 재스민〉을 보려 했는데, 가는 길에 라디오에서 흘러나온 음악이 〈시네마 천국〉의 테마곡과 너무나 비슷해 〈시네마 천국〉을 다시 보지 않고선 못 배길 정도가 돼버렸다. 자그마치 두 시간을 기다려 재개봉한 〈시네마 천국〉을 다시 보고야 말았다. 다음은 영화 속 한 장면이다.

소년 토토는 영화가 너무 좋아, 영사기사 알프레도를 찾아간다. 그는 아저씨에게 영사기 작동법을 알려달라고 조른다. 알프레도는 꼬마에게 이렇게 말한다.

— 가르쳐주고 싶지 않다. 토토. 이 직업은 네게 맞지 않단다. 넌 언제나 혼자서 노예처럼 일해야 해. 같은 영화를 백 번씩이나 봐야 하고, 다른 건 아무것도 못 해. 때론 그레타 가르보(Greta Garbo, 스웨덴의 여배우)나 타이론 파워(Tyrone Power, 미국 배우)에게 혼잣말을 하곤 해. 게다가 부활절, 성탄절에도 쉬지 않고 항상 일을 해야 하지. 언제나 여기(영사실)에 처박혀 있어야 해. 여름엔 끓는 듯이 덥고, 겨울엔 얼 듯이 추운데도 말이지. 담배연기 속에서 겨우 숨을 쉬면서 일하지만, 쥐꼬리만큼의 돈을 받아.

그러고서 토토에게 묻는다.

— 자, 나처럼 진흙에 처박힌 막대기처럼 살 거야?

눈이 동그래진 꼬마 토토는 고개를 흔들며 외친다. "노. 노!" 그제야 알프레도는 토토의 뺨을 두드리며 '착한 토토, 착한 토토'라고 말한다.

다시 말하자면 나도 어쩔 수 없는 자아중심적 개인이다. 나는 이 대사를 보며, 영사기사의 생활을 소설가의 생활로 치환해서 들었다. 구체적으로 말하면 이렇다. 단적으로, 원고료만으로는 생활이 불가능하다(물론, 당신이 전 세계 독자가 열광하는 인기작가라면 가능하다. 아니면, 광합성으로만 살아가는 식물일 경우에도 가능하다). 어쩔 수 없이 책이 꽤 팔려야 하는데, 버뮤다에 비밀계좌를 두고 세계 각국에 주식을 둔 부자가 아니고서는 소설 따위를 쓰면서 근사하게 살 생각은 접는 게 좋다. 누군가가 정한 주종관계에 접어든 건 아니지만 스스로 정한 감옥에 자신을 가두고, 제 육체와 영혼을 통제하는 주인이자 노예가 되어 끊임없이 타자기와 씨름해야 한다. 연금은 나올 리 만무하고 4대보험 같은 혜택도 없다. 자신이 쓴 작품이 세상을 뒤집을 정도의 걸작이라 해도 원고료는 무수한 협잡꾼과 이름뿐인 가짜 작가들이 받는 원고료와 똑같다. 언제나 세금을 가장 먼저 납부하는 성실한 납부자로서의 역할을 담당하고 있으며, 샛길이라곤 엿볼 수 없다. 말 그대로 원고라는 진흙에 처박힌 막대기처럼 자리를 지키며 곤죽에서 씨름할 뿐이다. 당연한 말이지만 여름에는 몹시 덥고, 겨울에는 몹시 춥다. 움직이지 않고 글만 쓰면 더 춥다.

자신이 쓰고 있는 소설 속에 몸을 풍덩 던졌기에 자신이 등장시킨 인물이 실존인물인지 헷갈려 때로 진지한 영혼의 대화를 등장인물과 나눈다. 하지만, 다른 사람이 보기엔 그저 책이 안 팔려 정신 못 차리는 작가가 드디어 실성해 터트리는 혼잣말에 불과하다. 세상을 뒤집을 것이라는 착각 속에 빠져 실성한 듯 원고를 쓰고 있는 카페는 담배연기로 가득 차 있다. 폐의 성벽은 원고가 진척될수록 허물어지고, 하나의 원고는 마치 담배연기와 싸운 전리품인 양 어렵사리 완성되어 나를 바라본다.

딱히 매일 일을 해야 할 필요는 없지만, 그것은 달리 말하자면 매일 쉬어야 할 명분도 없는 것이기에 결국은 언제나 원고를 쓰고 있다. 정확히 말하자면 스스로 정한 일주일의 닷새 혹은 엿새 동안은 물리적으로 원고를 쓰고 있고, 하루 혹은 이틀의 휴식기 동안은 머릿속으로 원고를 쓰고 있다. 그렇기에 성탄절이나 추석이나 설에도 항상 글을 쓴다. 겉으로 보기에는 자신의 삶을 통제하는 주인으로 비춰질 수 있으나, 실상은 스스로의 삶에 철저히 종속돼 있는 노예로서의 삶을 살고 있다. 작가가 진정으로 쉬는 날은 딱 하루뿐이다. 바로 장편소설의 원고를 마감한 그날, 긴 항해를 마친 선원처럼 대지에 발을 디딘 후 마침내 침대에 누워 독주를 한잔 하고서 긴 잠을 자는 것이다. 그리고 다음 날 아침이 되면 다시 바다가 눈 앞에 아른거리듯이, 새로운 이야기가 파도처럼 머릿속에서 밀려온다. 그러면 또 한 번 이야기의 노예가 되어 다시 타자기 앞에 앉는다. 나는 〈시네마 천국〉을 보며 이런 생각을 했다.

영화 속 토토는 알프레도에게 믿을 수 없다는 듯이 반문한다.

— 그럼, 항상 나쁘기만 한 거예요?

컴컴한 영사실에서 알프레도는 토토에게 말한다.

— 넌 익숙해질 거야. 그러고 나면, 여기 위에서 보지. 극장 안이 가득 차고…

다시 한 번 토토의 눈망울이 초롱초롱해진다.

— 너는 여기서 사람들의 웃음소리를 들어. 그게 널 행복하게 만들어. 널 기분 좋게 만들지. 마치 네가 그 사람들을 웃게 만든 사람인 것처럼. 그러면 걱정이 사라져.

알프레도는 잠시(지만, 보는 이에 따라서는 공기가 한 번 바뀔 시간만큼) 멈춘 뒤, 말을 잇는다.

— 그게 내가 좋아하는 거란다.

토토는 결국 영사기사가 된다. 그것은 자명하다.

영사기사가 되지 말아야 할 이유는 무수하지만, 그에게는 영사기사가 되지 않을 수 없는 단 한 가지 명백한 이유가 있었기 때문이다. 그것은 이미 알프레도가 토토를 꾸짖을 때 밝혀진 바 있다. 그는 이렇게 말했다.

"넌 내 말을 한마디도 듣지 않는구나. 넌 영화에 미쳤어."

경기장의

여백

예전에 맥주 기행과 와인 기행을 해본 적이 있다. 지중해 국가들을 돌면서 말 그대로 맥주와 와인을 왕창 마신 것이다. 바다를 보며 맥주를 마시고, 식당 칸에서 차창을 보며 작은 와인을 한 병씩 따서 마셨다. 포르투갈의 시골을 배경으로 500ml 생수병만 한 와인과 함께 대구 요리를 먹으며 달리는 기분은 말 그대로 좋았다. 아드리안해에서 막 수영을 마친 뒤, 해변에서 파는 크로아티아의 생맥주 역시 언제 회상하더라도 기분이 좋아진다. 물론, 이 기행의 결론은 프랑스 와인은 비쌀수록 맛있다는 상당히 김빠지는 것이었지만, 그런대로 소중한 결론이었다. 왜냐하면 나는 이 세상은 거짓투성이라 여겨와

서, 내 눈과 발, 그리고 이성과 경험으로 직접 깨닫지 않고서
는 좀처럼 납득하지 않기 때문이다. 프랑스 와인은 비쌀수록
맛있다, 라는 단순한 사실도 부르고뉴의 와이너리 탐방을 하
며 은수저에 담긴 시음용 와인을 한 술 한 술 떠먹고 나서야
비로소 납득할 만한 진실이 되는 것이다.

말이 나온 김에 좀 더 하자면, 각 국가별 와인은 영화에도
비견할 수 있다. 프랑스 와인은 예술영화 같다. 잘 만든 영화
는 굉장히 훌륭하고, 엉성하게 흉내 낸 영화는 못 말릴 정도
로 괴작이다. 반면 이탈리아 와인은 결코 지루하거나 재미없
는 건 아니지만, 어딘가 헛헛한 상업영화 같은 느낌이다. 거의
모든 음식에 무난하게 어울리고 어느 정도의 맛은 담보하지
만, 언제나 약간의 허전함이 남는다. 그에 비해 스페인, 포르투
갈 와인은 '컬트영화' 같다. 별로라고 여기는 사람에게는 아무
것도 아니지만, 구미가 당기는 사람에게는 다른 어떤 와인보
다 매력적이다. 여하튼, 이러한 생각들을 하면서 맥주 기행과
와인 기행을 다녔는데, 어느 날 곰곰이 생각해보니 다른 기행
도 한 것 같았다(네. 와인 기행은 밑밥이었습니다).

그건 바로 경기장 기행이었는데, 일본 야구를 볼 때면 언제

나 '그래. 도쿄돔에 갔었지'라고 떠올리거나, 메이저리그 경기를 볼 때면 '셰어 스타디움▪이 참 좋았는데 말이지'라고 중얼거리는 자신을 발견했기 때문이다. 물론, 잠실 야구장은 지겹도록 다녔고, 목동 야구장이나, 대구 야구장, 대전 야구장, 포항 축구전용 경기장, 상암 구장도 종종 갔다. 물론, 이 모든 경기장들은 '시합'이 있어서 간 것이다. 당연한 말이다. 경기장은 말 그대로 '경기'를 위한 장場이고, 경기가 없는 경기장은 하나의 시설물에 불과하다. 그런데, 나는 경기가 없는 경기장을 찾아간 적이 있었다. 그건 바르셀로나에 여행을 갔을 때였는데, 그 유명한 축구팀 FC 바르셀로나의 홈구장인 '캄푸누 투어'를 한 것이다. 어째서 경기도 없는 경기장까지 갔느냐 하면, FC 바르셀로나는 예외적으로 특별한 팀이었기 때문이다.

존경하는 선배 박현욱 작가의 《아내가 결혼했다》에도 나왔다시피, 바르셀로나는 천문학적 수입을 올릴 수 있는 유니폼 광고에 영리기업의 제안들을 물리치고, '유니세프'의 로고를 새겼다. 이 때문에 이 팀은 확실히 다르다는 생각이 들어 시합이 없는 텅 빈 경기장까지 찾아갔다. 짧게 깎은 잔디와 햇

▪ 철거된 뉴욕 메츠의 옛 홈구장. 2008년을 끝으로 역사의 뒤안길로 사라졌고, 지금은 '시티 필드' 구장이 그 역할을 대신하고 있다.

살을 반사시키며 반짝이는 빈자리들이 눈에 들어왔다. 물론 그때에도 나는 여행 중이었기에, 점심과 함께 맥주를 곁들였다(스페인이었으므로, 당연히 'San Miguel'이었다). 약간의 취기가 감돌 만도 했지만, 그날의 공기와 햇살은 또렷하게 기억난다. 어디선가 퀸의 〈바르셀로나〉가 흘러나오는 듯한 착각에 빠질 정도로 웅장한 기운이 느껴졌다. 물론 잔디는 목욕을 한 채 다음 날의 시합을 기다리고 있었고, 텅 빈 관중석은 의자에 새겨진 글자 'Mes Que un Club'만을 보여주고 있었다. 영어로는 'More than a club' 정도 되니까, 번역하자면 '클럽 하나 이상(의 그 무엇)'이라 할 수 있다. 물론, 어떤 이들은 '클럽 그 이상의 클럽'으로 번역하지만, 나는 '클럽 하나 이상(의 그 무엇)'이라고 했을 때야 비로소 그 경기장의 분위기와 바르셀로나의 공기가 전해진다고 여긴다. 그것은 분명히 하나의 클럽 이상의 그 무엇이었다. 말하자면, 경기가 없어도 찾아와서 경기장에 감도는 전운과 백 년 이상 쌓아올린 승리와 실패를 맛보게 하는 것, 그리고 승리와 패배에도 불구하고 이 경기장이 살아온 것처럼 선수들도 살아갈 것이며, 관중들도 살아갈 것이라는 것. 어떤 이는 축구선수로, 어떤 이는 해설자로, 어떤 이는 아이스크림을 파는 사람으로, 각자 자신이 해야 할 일과 즐거워하는 것 사이를 오가며 계속 살아갈 것이라는 것,

결국 시합도 훈련도, 여행도 일상도, 여유도 바쁨도, 칭찬도 비난도 언젠가는 승리와 패배처럼 그저 '삶이라는 명사 하나 이상(의 그 무엇)'에 켜켜이 쌓여갈 뿐이라는 것.

나는 그날 경기장의 여백을 통해 깨달았다. 경기장에 경기가 매번 없어선 곤란하겠지만, 실은 내가 야구장과 축구장을 줄곧 다녔던 이유 중 하나는 바로 '경기장 그 자체'였다는 것을. 아니, 어쩌면 그것이 가장 큰 이유라는 것을, 그리고 그 넓은 공간이 주는 넓은 사고의 확장을 좋아했다는 것을. 그래서인지 요즘은 독일의 축구장을 가고 싶다. TV로 볼 때마다 어찌 저리 아름답고 선명한 잔디색깔이 있을 수 있을까, 하며 감탄한다. 마치 에메랄드빛의 해변처럼 현기증이 날 정도의 선명한 녹색이 나를 부르는 것만 같다. 물론, 또 맥주를 마시겠지. 그리고 기차에선 와인도 마시겠지. '대구찜은 안 파느냐?'는 질문도 하면서.

이래서 결국은 또 맥주·와인 기행이 되는 겁니다.

*

이 글을 쓰고 3년 뒤, 독일의 축구장에 갔습니다. 그 경험은 《베를린 일기》에 자세히 나와 있습니다. 당연한 말이지만, 제 책입니다. 잘 부탁드립니다. 헤헤.

안전지대와
X-Japan

지금 나는 한 관대한 카페 사장의 협조 아래 '안전지대'의 〈아나타니(당신에게)〉를 들으며 이 글을 쓰고 있다. 마침, 오늘은 안전지대에 관해 써볼까 생각했는데, 카페 주인장께서 신청곡은 얼마든지 좋으니, 맘껏 들으며 글을 쓰라고 해서 〈아나타니〉를 들으며 쓰고 있다. 여러 번 들었지만, 정말 좋은 곡이다. 소설가에게 '그 곡이 얼마나 좋습니까?'라고 물었을 때, '정말 좋습니다'라고 말하면 너무 유치하지만, 그래도 이 곡은 '정말 좋다'는 말이 가장 어울린다. 뭐랄까, 정말 좋은 곡은 구차하게 여러 수식을 붙일 필요가 없기 때문이랄까. 아니, 소설가가 그런 흔한 표현밖에 못하냐고 묻는다면, 다시 한 번 말하지만 이 곡은 '정말 좋은 곡'이다. 이 외의 표현은 불필요할 만큼 좋은 곡이다.

왜 '안전지대'에 관해 쓰려 했느냐면, 실은 내가 생각하는 작가로서의 노년이 안전지대와 같다면 좋겠다 생각했기 때문이다. 말 그대로 안전하게 살겠다는 것은 아니고, 안전지대처럼 살이 찌고 머리가 빠지더라도, 그런 것 따위야 당연한 것 아니야, 라는 자세로 꾸준히 기타를 치고, 무대에 서려는 것이다. 역시 살이 찌고, 세월의 풍파에 노화의 흔적이 드러나고, 그 때문에 목소리가 변한다 해도, '그것 역시 그것대로' 받아들이고 새 노래를 쓰고, 무대에 서고, 춤도 추는 게 좋다고 생각한다. 젊을 때는 젊은 맛에 맘껏 섹시함을 드러내고, 무대 위에서 간드러지는 말도 하고, 폼도 한껏 잡지만, 늙으면 늙는 만큼 그대로의 변화를 가감 없이 드러내는 것이다. 말하자면, 리스너들과 함께 늙어가듯이, 독자들과 함께 늙어가는 작가가 진정한 생활형 작가라고 여긴다(네. 꾸준히 쓰겠습니다).

물론, 안전지대와 비교되는 X-Japan과 같은 삶도 있다. 가장 아름답게 피었을 때 그 매력을 세계에 잔뜩 선보이고, 시들기 전에 조용히 무대에서 사라져 만개한 젊음을 박제하는 경우다. 누구에게나 청춘은 있기 마련이고, 누구에게나 그 청춘은 지나가기 마련이기에, 어느 날 문득 자신의 청춘을 회상하며 '우리가 젊을 땐 X-Japan이 있었지' 하는 것도 물론 좋다. 하지만, 어쩐지 추억의 앨범을 펼쳐야만 살아나는 예술가는 쓸쓸하다. 비단 예술가에게뿐 아니라, 그 쓸쓸함은 모든 인간에게 동일하게 느껴진다. 사람과 술은 오래될수록 좋지만, 오래돼서 좋은 이유는 만날 수 있고, 꺼내 마실 수 있기 때문 아닌가. 나는 그렇기에 굳이 'X-Japan적인 삶'과 '안전지대적인 삶'을 택하라고 하면, 약간은 망설일지 모르겠으나 결국은 후자를 택할 것이다. 박물관에 사진으로 걸린 채, 견학 온 초등학생들에게 '저런 사람이 있었어요. 굉장히 용감하게 싸웠고, 굉장히 장렬하게 전사했어요'라고 소개받는 건 곤란하다. '일동 묵념' 같은 존경도 위로가 되지 않는다.

'저 아저씨에게 말 걸지 마세요. 입만 열면 술 냄새가 풍겨나고, 성격이 고약해서 초등학생한테도 이기려고 해요'라는 말을 듣더라도, 살아서 무언가를 끊임없이 만들어내고, 간혹 '그런데, 가끔씩은 괜찮은 짓도 해요. 이야기도 들을 만해요. 세상 참 어렵죠. 에휴'라는 한숨 섞인 위로를 듣는 편이 훨씬 낫다. 벽에 ×칠 할 때까지 살겠다는 자세까진 아니지만, 손가락이 움직이고, 망령이 들지 않는 한, 꾸준히 쓰고 만들어내는 게 낫다는 것이다. 그래서 '이 영감 이번에는 실망이군. 이 게 뭐야'라는 비난을 듣더라도, '그래도 다음엔 괜찮은 걸 내 겠지'라는 비난 섞인 기대를 받는 게 훨씬 현실적인 세상살이 라 생각한다.

나는 오늘 레코드 점에 들렀다가 '안전지대 14집'을 사왔 다. 90년대 초반처럼 심장의 크기를 변화시킬 만큼 흥분을 느 낄 수는 없었다. 그렇기에 약간의 회의도 느끼긴 했다. 하지만, 결국은 '이 형님들 역시나 꾸준하군. 사진쯤이야 우스꽝스러 우면 어때'라는 결론에 도달했다. 누구나 생의 길을 걷다 보 면 진흙이 묻기 마련이고, 햇볕을 쬐다 보면 검게 그을리기 마 련이고, 즐겁게 웃다 보면 주름이 생기기 마련이다. 그 '마련 이기 마련'인 것을 외면하려면 자신을 혹독하게 박제시킨 후, 박제된 자신, 즉 삶의 가장 찬란했던 시기만을 안주삼아 술 잔을 들이켜며 생의 나날들을 고독하게 보내야 한다. 말하자 면, X-Japan과 같은 삶이다. 과거의 영광에 기대어 생의 주름 과 흔적들을 거부하면서 언제까지나 살 순 없다. 말하자면, 누 군가는 망가졌다며 웃더라도, 안전지대같이 웃음을 주면서 지 내는 게 훨씬 좋다. 자신에게 주어진 삶을 살아야 하는 이라 면, 음악가든, 글쟁이든, 아니 그 누구라도 말이다.

닮은꼴에
대하어

　나는 사회성이 대단히 훌륭한 사람은 아니지만, 적어도 이
야기를 쓰는 사람으로서 사람들이 어떤 것을 싫어하는지 정
도는 알고 있다. 특히 글을 쓰는 사람으로서, 대부분의 독자가
여성이기 때문에 여성들이 끔찍이 싫어하는 것만은 쓰지 말
아야지, 하는 생각 정도는 가지고 있다(물론, 이렇게 말해놓고
싫어하는 것도 꽤 씁니다. 엄밀한 관점에서 보면 '뭐야, 이 남자 완전
구제불능이잖아'라고 할 정도의 글도 있습니다만, 다 먹고 살려고 그
랬어요. 영혼을 팔고 빵을 샀어요. 죄송합니다). 그렇기 때문에 여
성들이 '군대 이야기'와 '축구 이야기', 아울러 '군대에서 축구
한 이야기'를 바퀴벌레만큼이나 싫어한다는 것을 잘 알고 있

다. 그렇지만, 앞서 언급했다시피 나는 때때로 먹고 살기 위해서 싫어하는 소재도 비굴하게 차용하는 남자이기 때문에 이번 주는 축구 이야기로 시작을 하겠습니다(여성 독자 여러분, 제 글이 언제나 그렇듯 축구는 소재일 뿐 곧장 삼천포를 향해 질주하니, 떠나지 마세요!).

나는 지난 몇 년 동안 축구를 전혀라 해도 좋을 정도로 보지 않았다. 그 이유는 박지성 때문이었다. 박지성에게 여자를 뺏기거나, 빌려준 돈을 못 받았거나 하는 개인적 원한이 있어서 그런 것은 물론 아니다. 그가 맨체스터 유나이티드로 진출하자 전 국민이 '맨유 팬'이 되지 않으면 이상해지는 풍토에 그만 질려버렸기 때문이었다. 어느 순간, '이건 너무하잖아' 싶어 한동안 축구에 흥미까지 잃어버렸다. 다만 아쉬운 점이 있다면, 당시 스페인어를 배울 만큼 스페인에 흥미가 깊어서 '엘클라시코' 전은 챙겨 봤는데, 그것마저 보지 않게 됐다는 것이다. 그 후로 마치 영화 속의 점프컷을 한 것처럼 몇 년이 흘러버렸다. 그리고 어제 새벽 모기에 물린 탓에 깨서 TV를 트니, 공교롭게도 '엘 클라시코' 전이 펼쳐지고 있었다. 나는 '이거. 오랜만인데' 하는 기분으로 경기를 끝까지 지켜봤다. 대단한 게임이었다. 마드리드가 1점을 내어 앞서갔으나, 후반에 바르셀로나가 두 골을 몰아넣어 역전승을 했다. 나를 깨운 모기에게 고맙다고 할 정도로 보기 드문 시합이었다. 그러나 사실이 시합을 보면서 가장 강하게 느꼈고, 그리고 오늘 가장 하고 싶은 말은, 즉 아무리 누군가 아니라고 반론을 펼치더라도 내 철학과 신념을 걸어 꼭 하고 싶은 말은, '사비 에르난데스가 로버트 다우니 주니어를 정말 닮았다'는 것이다.

　로버트 다우니 주니어 엄마가 스페인 남자랑 은밀히 바람을 피우고 낳은 후, 우여곡절 끝에 스페인으로 보내버린 게 아닌가 싶을 정도다. 아니면, 로버트 다우니 주니어의 아버지가 영화감독이었으므로, 어쩌면 스페인에 해외로케를 갔다가 뜨거운 하룻밤을 보내고 "아디오스!" 하고 미국으로 돌아와 버렸을지도 모른다. 여하튼, 정말 닮았다. 로버트 다우니 주니어가 촬영하다 피곤하면 사비가 대신 아이언 맨 옷을 입고 뛰어다녀도 좋을 정도다. 물론, 사비 대신 로버트 다우니 주니어가 사인회에 나가서 "갑자기 늙어버렸어요" 하고 둘러대며 사인을 해도 될 정도다. 적어도 나는 그렇게 여기고 있다. 5~6년 전에 사비를 처음 보았을 때, '정말 닮았잖아!'라고 생각했는데, 그 생각은 한 명의 직장인이 소설가로 전업을 하고, 한 명의 노총각이 새로운 여자를 만났다가 헤어지고, 집을 두 번

이사하고, 몰던 중고차가 폐차 직전에 이르고, 몇 만 킬로미터의 비행을 할 정도의 시간이 흘렀지만, 여전히 변함이 없다. 닮은 건 닮은 거다. 누군가 너무 억지 부리는 게 아니냐며, 역대 상금의 문학상을 줄 테니 신념을 포기하라 해도 닮은 건 닮은 거다. 상금이 아깝긴 하지만, 그렇다 해서 내 신념까지 포기할 수는 없는 것이다(물론, 이런 일이 안 생길 걸 알기에 하는 말이다).

그 외에도 닮았던 사람은 꽤 있었는데, 가장 헷갈렸던 사람은 고인이 된 패트릭 스웨이지와 커트 러셀이었다. 둘은 나이가 들면서 서서히 자기 본연의 얼굴을 찾았지만(당연한 말이지만, 헷갈렸던 사람이라면 이 당연한 일이 얼마나 '다행'이었는지 잘 알 것이다), 젊었을 때의 둘은 너무나 비슷해 사춘기적 나는 친구와 내기까지 걸었다.

"아, 글쎄 〈분노의 역류〉는 패트릭 스웨이지가 아니라니까! 그 양반은 〈사랑과 영혼〉의 도자기 굽던 남자라고!"유의 논쟁을 피곤하게도 펼쳤다. 결국, 서양인의 얼굴에 익숙해지고, 둘의 얼굴이 조금씩 다르게 늙어갔기에 망정이지, 그러지 않았다면 나도 어느 순간 친구가 펼친 터무니없는 주장, 즉 "LA에 이민 간 삼촌이 식당에서 하는 이야기를 엿들었는데, 사실

〈사랑과 영혼〉은 커트 러셀이 찍었대. 그 양반, 장난끼가 많아서 자기가 찍어놓고 패트릭 스웨이지가 찍었다고 속였다는 거야. 둘이 짜고서 말이야. 마찬가지로 〈분노의 역류〉는 패트릭이 찍은 거라던데" 따위의 거짓부렁에 멍청하게 넘어갔을지도 모른다.

그나저나 나도 정말 다양한 사람과 닮았다는 말을 들었는데, 직종부터 나이까지 다양하다. 그중에는 여자도 있고, 죽은 사람도 있다. 동물도 있다. 상수동과 목성만큼이나 거리가 먼 주윤발도 있고, 조용필도 있다. 가수 김현철도 있고, 어째서인지 김구 선생도 있다. 나조차 깜짝 놀란 것은 미드 〈히어로즈〉에서 '히로 나카무라' 역을 맡은 마시오카인데, 나는 그의 사진을 보고 항문이 수축될 정도로 움찔하고 말았다. 당시의 나는 살집이 꽤 붙었고, 더플코트를 입고 다녔기에 내가 보기에도 너무 흡사했기 때문이다. 그나저나, 마시오카 씨, 혹시 이 글을 읽고 계시다면 연락 주세요. 스케줄 바쁠 때 제가 슬쩍 대신 할게요. 물론, 살도 다시 열심히 찌우겠습니다. 그건 자신 있습니다!

추신 : 사족이지만, 닮았다고 들은 무수한 인물 중에는 '욘사마'도 있다. 우길 생각은 전혀 없으나, 목도리를 친친 감았을

때 간혹 들었다. 물론, 그때마다 얼굴은 목도리로 반 이상 감
춰져 있었다.

미국적

록

지금은 목요일 저녁 7시. 오늘도 어김없이 글을 쓰기 위해 3년간 작업을 한 카페에 앉아서 브루스 스프링스틴의 〈Born in the U.S.A〉를 들으며 앉아 있다. 이 문장을 쓰고 '음. 오늘은 뭘 쓰지'라고 생각하는 사이, 노래는 역시 브루스 스프링스틴의 〈Cover Me〉로 바뀌었다. 그런데, 브루스 스프링스틴의 노래 〈Born in the U.S.A〉를 듣고 있노라면, 당연한 듯 미국이란 나라에 대해 생각하게 된다. 앨범 재킷이 성조기를 연상시키는 붉은 줄무늬여서 그런지, 그가 미국 노동자를 대변하는 이미지여서 그런지는 확실치 않다. 여하튼 '브루스 스프링스틴' 하면 '아! 그 미국 록가수' 하고 생각하게 된다. 사실 나는 브루스 스프링스틴의 음악은 그런대로 선호하는 편이지만, 미국이란 나라는 그다지 선호하지 않는 편이다.

이유는 교환학생으로 미국 남부에서 두 학기 동안 수학하며, 당시 미국인들의 보수성과 호전성에 질려버렸기 때문이다. 이때는 공교롭게 '이라크 전'이 한창일 때였다. 당시 그들은 타국에 대해 상당히 무지한데도, 우월의식과 선민의식으로 똘똘 뭉쳐 있어 '하아. 아무래도 이 나라는 문제 있군' 하고 결론 내리게 됐다(물론, 대부분 남부의 이야기지만). 당연히 이런 생각을 해서인지는 모르겠지만 옷은 멋이 없고, 음식은 맛이 없고, 가구나 차는 혼이 없어 보였다. 사실 지금도 이런 생각은 크게 바뀌지 않았는데, 곰곰이 생각해보니 내가 좋아하는 것들 중에 의외로 미국 것이 꽤나 있어 아연했다.

일단 소파 '레이지 보이'는 편하다. 정말 편하다. 백화점에서 판촉원의 꼬임에 이끌려 잠시 앉았다가 그만 잠이 들 뻔했다. 매장을 나와서 아래층으로 내려갔다가, 어쩐지 다시 돌아가 전혀 상관없는 질문을 늘어놓으며, 은근슬쩍 다시 앉고 돌아왔다. 소파에 앉는 순간 가난하고 외로운 남성의 어깨를 포근히 감싸주는 자본의 매력에 자칫했다간 그만 스르르 혼절

할 정도였다. 게다가 나는 할리우드의 블록버스터라면 끔찍이 싫어하지만, 간혹 나오는 괜찮은 영화는 수십 번을 볼 정도로 좋아한다. 〈파이터〉나 〈머니볼〉, 〈음모자〉 같은 영화들도 결국은 미국 영화. 정형화된 장르영화나 그런 연기에 심한 염증을 느끼지만 그럭저럭 그런 영화들에 출연하며 버티는 에단 호크와 오웬 윌슨은 근사하다. 〈도어즈〉의 몽환적인 연주와 관능적인 퍼포먼스도 괜찮고, 우디 앨런의 수다스러운 농담도 나쁘지 않다. 페이퍼백이나 그들의 하드커버 판본도 좋아하는 편이다.

그럼에도 불구하고 나는 일단 미국이라 하면, '영웅주의와 자국우월주의에 휩싸인 멋모르고 맛 모르는 무식한 자식들'이라 떠올린다. 좀 편협한 결론 같지만, 학생 때 멍청한 이야기를 늘어놓는 미국 학생과 주민들을 너무 많이 만났기 때문이다. '우리의 미사일은 매우 정확해서 이라크의 군기지만 정교히 맞힐 수 있다'며 전쟁을 지지했던 동네 목사, '나는 지금 너무나도 이라크 녀석들을 죽일 준비가 되어 있다'라고 외치던 학군단 녀석, 한국 후배와 대화를 나누고 오자 '너 지금 중국어로 무슨 이야기했냐?'고 묻던 미국 대학생(녀석은 한국이 중국의 식민지라, 한국인끼린 당연히 중국어로 대화하는 줄 알았다며 태연히 되물었다) 등등, 나열하기도 귀찮고 가치 없는 일들을 너무 많이 겪었다. 이렇게 생각해보면 한 개인의 견해 혹은 편견이란 것은 결국, 제아무리 책과 영화와 강의를 통해 객관적인 시각을 가지려 해도 어쩔 수 없이 몇 번의 강력한 직접 경험을 통해 구축되고 마는 것이다.

그럼에도 불구하고 브루스 스프링스틴의 음악은 들을 만하다. 비치 보이스도 나쁘지 않다. 역시 뭐라고 단정 짓기엔 썩 어려운 세상에 살고 있다. 난처하다.

*

그나저나 제게 흥미로운 나라는 인도입니다. 카스트는 곤란하지만, 천재들과 궤변, 흥미로운 이야기로 온 나라가 들끓고 있으니까요. 야하 에까 앗차 머싸마 해.

민방위와

소설가의 각오

　귀찮아 보이지만, 막상 해보면 재미있는 게 있다. 소설 쓰기와 달리기가 그렇고, 하나 덧붙이자면 민방위 훈련도 그렇다. 매년 소집통지서가 나올 때마다 '벌써 1년이 지났단 말이야!'라며 아연하지만, 정작 갈 때마다 재미를 느낀다. 예전에도 민방위 훈련에 관한 이야기를 쓴 적이 있었는데, 관심 있으신 분은 이 시리즈의 1권 《꽈배기의 맛》을 참고해보시길(인생은 이렇게 묻어가는 맛이죠).

　주소지를 본가(인 경기도 양평)에서 실제 거주지(인 망원동으)로 옮기고 나니 훈련장 가기가 수월해졌다. 이번엔 항상 달리기를 하는 집 근처 운동장이었다. 오호, 이거 웬걸, 하는 마음으로 소집통지서를 감격하듯 보았는데, 아니나 다를까 오전 7시 집합이었다. 망원동의 평화를 지키기 위해 이렇게 아침부터 부산을 떨어야 한단 말인가, 하는 의구심이 들었지만, 이미 소집을 한 번 놓친 터라 새벽 공기를 맞으며 바지에 다리를 찔러 넣을 수밖에 없었다. 오전 일감을 받으러 인력시장에 가는 일용직 노동자처럼 입김을 뿜어내며 소집장소에 도착하니, 과연 제대로 온 게 맞는지 헷갈릴 정도로 인적구성이 다양했다. 전산착오로 잘못 불려 나온 게 아닐까 싶을 만큼, 아버님 같은 대원들이 곳곳에 서 있었다. 역시 사람은 사회적 계급을 모두 떼버리고 무작위로 모여봐야, 인생에서 자신이 처한 위도와 경도를 제대로 파악할 수 있다. 즉, 나도 그만큼 나이를 먹어버렸다는 것을 훈련을 받으러 온 동년배들을 통해 뒤늦게 깨달았다.

이 탓에 아침 바람이 쓸쓸하게 느껴지려던 찰나, 민방위 대원이 문학적 감상 따위에 젖어서는 안 된다는 듯 동장洞長이 등장했다. 그는 마이크를 잡더니 "망원동 지역은 서울 서북권의 군사적 요충지로, 서울에서는 파주와 상당히 근접한 거리에 있기 때문에 각별히 사주경계에 신경을 써야 하지만, 일단은 어서 출근을 하셔야 하니까 간략한 안내로 훈련을 대체하

민 방 위

겠습니다"라고 인사했다. 그러더니 정말이지 7분 만에 모든 말을 끝내버렸다. 나는 그의 말을 하나도 빠짐없이 기억하고 있는데, 다시 말하자면 민방위 훈련은 의외로 재미있는 구석이 있기 때문이다. 우선, 그는 "요즈음 기상악화로 인한 폭염·폭설로 국민 건강이 위협을 받고 있다"며 몹시 걱정하는 어투로 서두를 열었다. 나는 과연 수도서울의 군사적 요충지에서 동장까지 맡는 인물이라 역시 국민건강까지 염려하는구나, 라며 감탄했다.

그는 이후 곧장 "핵심에 들어가겠다"며 말을 이었는데, 그것은 "쓰레기는 화·목·일요일 일몰 이후에 버려달라"는 것이었다. 나는 어째서 아침 7시에 모여서 이런 말을 들어야 되나 싶어 믿을 수 없다는 듯이 그를 바라보았는데, 그는 연이어 "현재 새우젓 축제가 벌어지고 있으니, 한강의 억새축제만 가시지 마시고 월드컵 공원의 새우젓 축제도 많이 애용해주세요. 마포구청 맞은편에 있답니다"라며 넉살좋게 말했다. 그러더니, "자, 이제 각자의 일터로 가서 멋진 하루를 보내시기 바랍니다"라고 끝내버렸다. 정말이지, 이것이 내가 기억하는 전부이고, 이것이 그가 말한 전부이다.

나는 멍해져서 바람 부는 운동장에 한동안 서 있었다. 과연 이런 식으로 망원동의 안녕과 평화가 유지된단 말인가, 하는 기분에까지 휩싸였다. 물론, 내 옆에서 나와 함께 우국충정으로 맹세한 일군의 민방위대원들이 이 허탈한 엔딩에 삼일 밤낮 식음을 전폐한 채 그 자리에서 떠나지 않아 망부석이 되었다는 건 나조차도 쓰면서 무리수라 생각했고, 모두 기다렸다는 듯이 소집통지서를 제출했다.

너무 일찍 끝나버려 정신을 차리지 못하고 있었는데, 누군가 갑자기 "오, 자네 왔는가. 국가를 위해 아침부터 수고가 많네!" 하며 호탕하게 농담을 건네기에 고개를 돌려보니, 다름 아닌 주인집 아저씨였다. 그는 내가 이사 온 첫날에 "나, 이 동네 통장일세"라며 악수를 청했는데, 아니나 다를까 역시 통장으로서 동네의 연중행사인 민방위 훈련에 빠질 수 없다는 듯이 서 있었다. 역시 통장도 하나의 자리인지라, 건실히 유지하기 위해선 성가신 일도 많겠구나, 라는 걸 절감했다. 어쩌면 이것도 하나의 작은 정치집단이라서 '라인' 같은 것이 있을지도 모르고, 각종 견제나 비방 같은 것도 있을지 모르겠다. 그 견제 속에서 꿋꿋이 자리보전을 하기 위해선 '민방위 모자' 같은 것도 불평 없이 쓰고, 삼각산이 그려진 조끼도 군소리 없이 입어야 하는 것이다. 나는 '소설가는 소설가대로 원고마감을 하고, 통장은 통장대로 소집통지서를 수거하고, 동장은 동장대로 새우젓 축제를 열심히 알리는구나' 하고 생각했다. 이렇게 써놓고 보니, 꽤 짧고 허탈한 7분이었지만, 나름의 의미와 각오를 다지게 하는 7분이었다.

이런 식으로 민방위 훈련이 소설가의 각오를 다지게 할 줄이야. 역시 국가가 하는 일은 대단하죠. 여러모로.

극장에서의

숙면

나는 몇 번인가 극장에서 깊은 잠에 빠진 적이 있다. 그때 본 영화는 대부분의 사람들이 재미없다고 평했기에, 스스로 이상하게 여기거나 당황하진 않았다. 하지만, 대부분의 사람이 침을 튀기며 칭찬한 영화를 보면서도 깊은 잠에 빠져버렸다. 때문에 '도대체 왜 이런 걸까?' 하는 자괴감에 젖은 적이 있다. 그 영화는 바로 〈반지의 제왕〉이었다.

과장을 조금 섞어 말하자면, 〈반지의 제왕〉 1편이 개봉했을 때 '세계가 약간 흔들렸을 만큼' 반응이 대단했다. 원래 영화를 무척 좋아하는 데다가, 귀도 얇은 편이라 소문을 듣자마자

들뜬 소녀의 마음으로 극장까지 허겁지겁 달려갔다. 그리고 영화가 시작된 지 5분 만에 혼절해버렸다. 어째서 이런 일이 있을 수 있단 말인가, 하며 스스로 이해할 수 없어 2편이 개봉했을 때 다시 극장에 달려갔다. 그때에도 십 분 만에 쓰러져버렸다. '아아, 안 돼! 1편도 잤단 말이야!'라며 자아에게 항거하듯 동공에 힘을 주었지만, 또 실신해버렸다. 납득할 수 없어 3편이 개봉했을 때도 극장에 갔지만 결과는 마찬가지였다. 피터 잭슨에게 유감이 있다거나, 절대반지의 디자인에 거부감이 든 것도 아니다. 그랬다면 극장에 가지도 않았을 것이다. 나는 〈반지의 제왕〉이 가진 매력의 실체를 파악하려는 강력한 의지와 호감을 품고 있었다. 하지만 매번 마취주사를 맞은 것처럼 의식을 잃어버렸다.

〈해리포터〉를 볼 때도, 단단한 결심을 하고 마법의 세계에 빠지려 했지만 정작 빠진 곳은 수면의 세계였다. 역시 조앤 K. 롤링이 마음에 들지 않았거나, 호그와트 마법학교의 학사규정에 불만을 품고 있었던 것도 아니다. 필름이 돌아가면, 공기 중에 수면 마취제가 스르르 분사라도 된 듯, 어느 순간 목뼈에 힘이 빠지고 말았다. 2편, 3편도 마찬가지. 극장문을 나설 때의 기분은 마치 마사지를 받다가 잠들어버려, '어. 뭐야! 벌

써 끝난 거야?' 하는 기분이었다. 결국 〈반지의 제왕〉과 〈해리
포터〉 여섯 편을 모두 개봉관에서 봤지만, 깨어 있던 시간은
고작 30분 정도다. 그제야 나는 비로소 하나의 결론을 얻었다.
무한한 자연이 펼쳐진 영화, 즉 화면의 대부분이 녹색인 영화
를 보면 놀라운 속도로 심리적 안정감에 젖어 어느 순간 잠
에 빠지지 않고선 배겨날 수 없었던 것이다. 완성도와는 상관
이 없다. 걸작이건 졸작이건, 일단 녹색이 펼쳐지면 혼절해버
린다. 물 좋은 온천에 가서 몸이라도 풀고 나온 기분이다. 중
간에 잠깐씩 깨지만 그때마다 시골 노래방 화면처럼 폭포수
가 떨어지고 있거나, 푸른 하늘에 하얀 구름들이 뭉게뭉게 떠
있으므로, 금세 다시 수면의 세계로 돌아간다. 자버렸지만 마
사지를 받은 것처럼, 자고 나왔지만 영화를 보고 나온 것이다.
나는 나름대로 꿈속에서 영화를 생각한다. 가끔씩 깨어서 영
화를 보면 이야기는 대부분 생각한 대로 흘러가고 있다. 그럼
금세 잠에 다시 빠져버린다.

한편, 최근에 나는 중대한 결심을 하고 극장에 갔다. 미리
커피를 마시고, 찬물로 샤워도 했다. 주변의 모든 사람들이
〈그래비티〉를 보며, 우주에 다녀온 체험을 한 기분이라고 극
찬을 했기 때문이다. 이번에는 결연한 각오를 다졌다. 마치 밤

거리에서 찢어진 옷을 입은 부랑아처럼 '오늘밤 잠들어버리면 죽는단 말이야'라고 다짐하듯 자리에 앉았다. 역시 영화는 소문대로 나를 거대하고 고요한 우주 속으로 데려갔다. 아이맥스 3D로 펼쳐지는 화면은 엄마의 자궁처럼 평안하게 내 몸을 감싸주었고, 별이 총총히 박힌 검은 침묵의 세계는 자신의 맥박밖에 들리지 않는 모태처럼 느껴졌다. 그 속에서 아직 태어나지 않은 아기처럼, 나는 어느 누구에게도 방해를 받지 않은 채 깊이 잤다. 과연 이 수면의 끝이 언제인지 짐작조차 못 할만큼 편안했다. 이 글을 쓰면서 그때의 기분을 떠올리니, 다시 손가락에 힘이 빠지면서 눈이 감겨올 정도다. 그만큼 안온했기에 깨어 있었던 시간은 비록 십 분이었지만, 나는 영화를 보고 깊은 만족을 느꼈다. 많은 사람들이 우주에 다녀온 기분이 들었다고 했지만, 나는 인류에게 가장 거대한 우주, 즉 모태로 회귀한 기분을 느꼈다.

행여나 '영화를 무시하는 거냐!' 하며 오해할지 몰라 밝히자면, 절대 그런 게 아니다. 다시 말하자면, 나는 이 영화들 덕에 숙면을 취해 너무나 기분이 좋다. 그간 원고를 쓰느라 쌓인 만성피로가 모두 해결된 느낌이다. 그럼에도 불구하고, '소설가 양반이 내가 걸작으로 꼽은 영화를 보며 쿨쿨 자버려 기분이 나쁘다'면, 이렇게 이해해주길 바란다. 90분 내내 눈을 부릅뜨고 영화를 느끼는 이가 있는가 하면, 80분 정도는 눈을 지그시 감고 즐기는 이도 있다고. 차이와 다양성을 존중하는 고귀한 당신이라면, 충분히 이해해주리라 믿는다.

그나저나, 전혀 졸지 않고 보는 영화도 있냐고요? 있습니다. 일단은, 야한 장면이 나와야 합니다. 적어도 녹색의 평원이나 폭포수가 나오기 전에는요. 그때엔 저도 몹시 집중해서 봅니다. 해리포터를 보는 어린이의 눈망울을 하고서요. 반짝반짝.

이탈리아어에 대해

여차저차한 이유로 이탈리아어를 배우고 있다. 혼자서 외국어를 공부하기엔 무리라 판단해, 한 대학의 언어교육원에 가서 매주 네 시간씩 꼬박꼬박 공부한다. 학생시절에는 가능한 한 외국어를 많이 배워두는 게 좋겠다 싶어, 영어와 일본어를 그럭저럭 배워뒀다. 졸업 후에는 스페인어를 공부했는데, 졸업을 하고 나니 학구열이 사라져버렸는지(딱히 학생시절에도 있었던 건 아니지만), 진도가 전혀 나가지 않았다. 그래서 이번에는 '과오를 되풀이할 수 없어'라며 각오를 다지고 학원에 갔다.

소설 따위나 쓰면서 거의 매일 이상한 생각을 하다 보니,

역시나 사람의 뇌에 있어야 할 논리적 사고의 체계가 증발돼 버린 게 아닐까 싶을 정도로 머리가 삐걱대기 시작했다. 그래도 '이탈리아어를 재잘대면 와인도 잔뜩 시켜먹고, 이탈리아 미녀랑 농담도 깔깔대며 할 수 있겠지'라는 생각으로 열심히 따라가고 있다. 그런데, 뭔가 하나 딱 걸리기 시작했는데, 그것은 이탈리아어에는 의태어가 없다는 것이다. 대신 어떤 모양을 설명하기 위해선 손을 사용한다. 손으로도 표현이 안 되면 어깨를 사용하고, 얼굴까지 사용한다. 그래선지 축구 경기를 보더라도, 다른 국가 선수들은 심판에게 주의를 받아도 그냥 투덜대는 수준의 욕을 하거나, 양팔을 한 번 펴보는 정도로 그치는데, 이탈리아 선수들은 몸속의 공기를 다 빼버린 공기 인형처럼 어깨를 움츠리고, 양손을 최대한 비굴하게 붙이고, 자신이 지을 수 있는 가장 억울한 표정으로 심판에게 달려간다. 그때에는 꼭 엄지손가락에 다른 네 손가락을 모아 붙여, 자신이 지을 수 있는 가장 효과적인 울상을 짓는다. 연봉이 십만 유로건, 천만 유로건 상관없다. 의태어가 없다 보니, 자신의 손짓과 몸짓, 때론 얼굴로 직접 그 모양을 짓게 되고, 그러다 보니 이런 과도한 제스처가 이탈리어를 구사하는 데 뗄 수 없는 일종의 요건처럼 느껴진다.

게다가 이탈리아어는 억양이나 악센트가 독특하고, 강하다 보니 듣다 보면 '저 친구 랩을 하는 건가' 하는 생각이 든다. 〈미녀들의 수다〉라는 프로그램 출신의 '크리스티나'가 구사하는 한국어 억양이 독특하다고 화제가 되었지만, 이탈리아어를 배우고 나니 그녀의 입장에서는 전혀 이상할 게 없다는 생각이 든다. 요컨대, 그게 바로 이탈리아어의 억양이다. 물론 크리스티나는 억양이 좀 센 편이지만, 이탈리아어는 그렇게 말하는 게 본연의 맛이다. 말하자면, 된장은 장맛이고 김치는 손맛이듯, 이탈리아어의 맛은 손짓과 억양이다. 말하다 보니, 내가 무슨 이탈리아의 문화를 대변하는 사람 같지만, 일단 그렇다는 것이다.

사실 나는 이탈리아 여행을 갔을 때, 이런 강한 억양과 표현 때문에 골치 아팠던 적이 있었다. 칠레의 국민 시인 파블로 네루다가 정치적 망명을 떠났던 카프리 섬까지 가기 위해, 로마에서부터 나폴리까지 가는 기차를 탄 적이 있다. 그때 나는 자칫하면 살인을 저질러 아직까지 감옥살이를 할 뻔했는데, 다름 아닌 열 명쯤 되는 이탈리아 청년들이 카세트 오디오 같은 것을 굉장히 큰 소리로 틀어놓고 기차 안에서 고성방가를 몇 시간이고 해댔기 때문이다. 예전에도 도쿄에서 삿포로로 가는 야간열차에서 중국인 네 명에게 이런 소음 습격을 당한 적이 있어서, 소음이라면 식은땀을 흘릴 정도로 질색을 하는데, 그때 만약 내가 이탈리아어를 조금이라도 할 줄 알았더라면 열 명의 비난과 무시무시한 욕을 무릅쓰고서라도 뭔가를 말했을 것이다. 하지만, 당시에 할 수 있는 이탈리아어는 '본 조르노'와 '그라치에'밖에 없었다. '아, 안녕하세요'라고 말하고, 잔뜩 인상을 쓴 후, '감사합니다'라고 말할 순 없었다. 그때엔 그렇게 판단했지만, 시간이 흐른 뒤 이탈리아어엔 의태어가 없고, 그래서 웬만한 표현은 손짓과 몸짓으로 대체할 수 있다는 것을 알았다. 따라서 지금이라면 "본 조르노!!!"라고 크게 외친 후, 출생 이후 겪은 모든 짜증과 분노를 얼굴에 가득 섞어 인상을 쓴 후, 다시 "그라치에!!!"라고 크게 외친 후 돌아올 수 있을 것 같다. 말하자면, 이게 현재까지 내가 이해한 이탈리아어의 방식인 것이다(물론, 어디까지나 '현재까지의' 나만의 방식일 뿐입니다. 계속 바뀌겠죠).

여하튼, 그때엔 마침 이용한 항공사 '알 이탈리아'도 굉장히 불친절하고, 기차에서의 청각고문도 있고 해서 '다시는 이탈리아에 가지 않겠어'라고 생각했었다. 그런데 나는 예전에도 학생시절에 이런저런 일로 '다시는 일본에 가지 않겠어'라고 하고, 그 후 매년 두세 번씩 꼬박꼬박 다녀왔다. 역시 '이탈리아엔 다신 가지 않겠어'라고 해놓고, 지금 내 돈을 들여가며 이탈리아어를 배우고 있다. 아무래도, 나는 쓸데없는 다짐과 결론을 자주 내리기 때문인 것 같다. 아니면, 단점부터 보기 시작한 사람에겐 장점들이 하나둘씩 보이기 시작하듯, 국가 역시 단점을 골치 아플 정도로 겪다 보면 '저긴, 원래 저런 나라니까' 하는 심정으로 체념하고 장점을 보게 되는 것 같다. 게다가, 단점마저 장점으로 전환되는데, 예컨대 이렇다. "적어도, 이 시끄러운 사람들이 외로울 때는 나쁘지 않겠군" 하는 식으로 말이다.

게다가 일상생활에 필요한 말은 의외로 굉장히 간단하다.

"본 조르노. 띠 아모. 챠오!"

(안녕하세요. 사랑합니다. 안녕!)

*

결국은 이 글을 쓰고 3년 뒤, 이탈리아 친구가 생겨 밀라노에 다녀왔습니다. 인생 참 알 수 없죠.

셰익스피어
베케이션

빅토리아 여왕시절의 영국에는 독서휴가제가 있었다. 고위직 관료가 3년간 근무를 하면 한 달간 유급휴가를 받는다. 이 시간에 고위관료가 해야 할 일은 셰익스피어의 작품 다섯 편을 정독하고 독후감을 제출하는 것뿐이다. 이를 '셰익스피어 베케이션'이라 한다. 몇 년 전에 같은 제목의 책이 나오기도 했고, 독서와 리프레시의 중요성에 대해 주장할 때 종종 언급되곤 한다.

물론 여왕의 뜻은 알겠지만, 나는 오랫동안 이런 의문을 품어왔다. '어째서 셰익스피어인가?' '반드시 셰익스피어만 읽어

야 하는 것인가?' 일종의 반발이라면 반발이다. 그렇다 해서
내가 셰익스피어의 작품성에 이의를 제기하는 건 아니지만(사
실 대사가 유치하긴 하다), 세상에 셰익스피어만큼 훌륭한 작가
는 무수하다. 관점에 따라서는 셰익스피어보다 더 훌륭한 작
가도 별만큼 존재한다. 그런데, 어째서 셰익스피어란 말인가.

  예컨대, 한국의 공무원들에게 한 달간 유급휴가를 줄 테니
'반드시 이문열의 소설만 읽고 독후감을 제출하라'고 하면 어
떻게 느낄까? 십중팔구 나와 같은 반문을 할 것이다. '어. 그
래. 이문열! 아, 이제부터 열심히 읽어야지' 하면서 각오를 다
지며 읽을 공무원은 많지 않을 것이다. 각오를 다진다 해도,
'에이. 하라니까, 일단 이것부터 읽어치우고 딴 걸 읽어야지'라
고 할지 모른다. 물론, 이문열 작가에게 반감이 있다는 건 아
니다. 대표적인 작가로 언급했을 뿐이다. 황석영이건, 조정래
건, 이름을 알 만한 대표적 작가의 한 명으로 썼을 뿐이다. 공
무원도 각자의 개성이 있고 철학이 다양한데, '셰익스피어 베
케이션'이란 이름으로 '꼭 셰익스피어만 읽으라고 하는 건' 너
무하다. 초등학생 방학과제도 '독후감 몇 편'이란 식으로 제출
하지, '이문열 소설 다섯 편' 하는 식으론 하지 않는다(요즘 이
렇게 바뀌었다면, 죄송합니다. 제가 다닐 땐 안 그랬어요).

요컨대 주장의 핵심은 독서를 통해 통찰과 창의성을 기르겠다는 취지는 좋지만, 그 방식이 일방적이라는 것이다. 물론, 내가 이런다고 해서 죽은 빅토리아 여왕이 찾아와서 '거. 미안하게 됐네. 거기까지 생각 못했네'라고 사과할 리 없지만, 그런 사과는 바라지도 않는다. 다만, '셰익스피어 베케이션'이 굉장히 훌륭한 휴가제의 하나인 것처럼 각 분야에 인용되는 것에 대해, '조금은 그렇지 않느냐'는 입체적인 주장을 덧대고 싶었을 뿐이다. 이문열 작가 이름을 계속 언급해서 송구하지만 이제 와 바꾸면 헷갈릴 테니 마저 인용하자면, 만약 한국에서 '이문열 휴가'라는 이름으로 똑같은 정책을 시행할 경우 대부분 이런 생각을 할 것이다. '이 작가가 우리 장관이랑 친척인가?' '저번 선거 때 이 작가가 대통령을 지지했나?' 뭐, 이런 대화로 수군거릴지 모른다.

얼토당토않지만 당시에도 수군댔을지 모른다. '여왕 쪽에 셰익스피어의 숨겨진 피가 흐르는데. 조상 중에 누가 바람피웠다는군. 거 참' 하는 식으로 말이다. 게다가 빅토리아 여왕은 이런 표현도 남기지 않았는가.

'셰익스피어는 인도와도 바꿀 수 없다.'

인도국민들이 '영영 조국을 포기할 테니, 제발 셰익스피어를 주세요!'라고 애원한 적도 없는데 말이다. 실로 과한 표현

174

이다. 만약 빅토리아가 여왕이 안 되었다면, 광적인 셰익스피어 팬이 됐을 거란 생각이 들 정도다.

이번 글을 쓰면서 장난삼아 '최민석 휴가'에 대해 상상해봤는데, 생각만으로도 끔찍했다. 고위관료들이 내 소설을 돌려보며, '뭐야, 이 작가 형편없잖아. 소설가들 지원금 다 줄여버립시다!'라고 이구동성으로 외치는 건 상상만으로도 아찔하다. 그렇게 생각하면, 셰익스피어가 모든 짐을 짊어졌다는 생각도 든다. 아무튼, 이래저래 모두 책을 안 읽으니 나온 말이다. 겨울이니 나도 소파에 느긋하게 누워 책 몇 권 읽어야겠다.

*

이래놓고, 저도 종종 셰익스피어를 읽습니다.

셰익스피어 소설이 원작인 영화의 GV(관객과의 만남)도 했습니다.

어쨌든, 말 나온 김에 다음 편은 셰익스피어 독서에 관해.

슬럼프와
고전문학

4년째 에세이를 거의 매주 한 편씩 거르지 않고 쓰고 있다. 이렇게 계속 쓰다 보면 지치기도 하고, 어떨 때에는 아무런 생각도 떠오르지 않아서 곤혹스러울 때가 있다. 특히 연재라는 건, 글을 발표하는 사회의 분위기와 정서를 전혀 고려하지 않고 쓸 수는 없다. 그렇기에, 이런저런 걸 다 생각해서 쓰다 보면 곤혹스러울 때가 한두 번이 아니다. 그럼에도 불구하고, 매주 에세이를 한 편씩 쓰는 건, 운동선수가 웨이트 훈련을 하지 않으면 기초 체력이 다져지지 않는 것처럼, 작가로서 생각하는 바를 심플한 에세이를 통해 이래저래 시험해보고 자기 한계가 어디까지인지 확인해보는 소중한 작업이기 때문이다.

아울러, 글이라는 건 마치 근육 운동과 같아서, 계속 쓰다 보면 다양한 방법에 익숙해지고, 미처 깨닫지 못했던 새로운 방식도 쓰면서 깨닫기 때문이다. 오늘 하려는 말은 이러한 방법론에 대한 것이 아니라, 그럼에도 불구하고 지쳐서 쓸 수 없을 때가 있기 마련이라는 것이다.

이럴 때 나는 주로 고전을 읽는데, 이번 주에는 셰익스피어의 〈로미오와 줄리엣〉을 읽었다. 어차피 책상 앞에 앉아봐야 머리가 복잡해서 쓸 수 없을 때에는, '그래. 이참에 이거라도 읽어보자'라는 심정으로 읽는다. 그러다 보면 어느새 공부도 되고(이건 작가의 입장에서), 어디 가서 '아니, 그런 것도 안 읽고 작가 생활을 한단 말이에요!'라는 면박도 피할 수 있기 때문이다. 그래서 겸사겸사 읽는데, 〈로미오와 줄리엣〉은 숨이 찰 정도로 대사가 길다. 희곡이므로 이야기는 당연히 대사에 전적으로 의존할 수밖에 없다. 소설처럼 장면묘사를 위해 구구절절하게 '산은 이쑤시개를 담아놓은 통처럼 자작나무로 뒤덮여 있었으며, 나는 그 속에서 길을 잃었다'와 같은 묘사적 설명도 필요 없다. 그저 간단하게 지문으로 처리할 뿐이다.

— (깊은 산 속) 오오, 나는 길을 잃었구나.

그렇기에 희곡은 대사가 이야기의 처음이자, 끝이라 할 수 있다. 하지만 셰익스피어의 대사를 읽다 보니 그야말로 정신이 혼미해질 지경이다. 이 안에는 절반의 존경과 절반의 의문이 뒤섞여 있는데, 그의 수사는 그야말로 턱이 빠질 정도로 화려하다.

칼을 맞고 죽어가는 순간에도 바로 '꽥' 하고 죽지 않고, 등장인물들이 모두 시인처럼 지나간 생을 반추하고, 비탄과 통탄에 빠져 마술과 같은 언어를 장광설로 풀어놓는다. 내가 16세기 영국의 관객이었다면, '어허, 저거 칼 맞아서 죽는 게 아니라, 말 많이 하다가 숨차서 죽는 게 아닌가?' 하는 의심을 할 만큼 말을 많이 한다. 그런데, 이런 연극적인 요소(연극이니까 당연하다)를 인정하고 보면, '죽을 때 저렇게 폼 잡고 유언을 남기는 것도 나쁘지 않겠다'는 생각이 든다. 그러니까, 만약 셰익스피어의 희곡만으로 굴러가는 세상이 있다면, 길을 가다가 낯선 여인을 만나도 "이제부터 내가 살아갈 곳은 이 검고 추악한 세상이 아니라, 아침이슬보다 영롱하고 청아한 당신의 눈동자 안이오. 당신을 만난 이 순간부터, 내 모든 여생의 움직임은 당신의 눈동자에서 벗어나지 않고 싶소" 같은 대사도 태연하게 할 수 있을 것이다.

그렇다면 상대 쪽에서도 "흥, 뭐 이런 사람이 다 있어" 하고 가던 길대로 가버리지 않고, "오오. 어디서 왔는지 알 수 없는 미지의 그대여. 그대의 입술에서 나오는 것들은 언어가 아니라, 온전한 감정의 전달이자, 애타는 심장이 빚어낸 간절함이군요. 나의 혼은 지금 당신이 쏟는 뜨거운 구애로 인해 과거는 물론, 현재와 미래를 잊을 만큼 어지러워, 당신의 품에 안기는 수밖에 없어요!" 하며 쓰윽 안겨버릴 수도 있는 것이다. 나는 이런 것이 바로 '셰익스피어적 상황'이라고 여긴다. 물론 현실세계에서는 불가능하다. 그렇기 때문에, 연극이라는 무대에 올리고, 관객들 역시 '뭐어… 셰익스피어가 쓴 거니까…' 하며 보게 되는 것이다. 즉, 관객들도 이런 '셰익스피어적 상황'을 인정해주는 것이다. 그런 측면에서 보면, 16세기 영국은 참으로 관대했구나 하는 생각도 든다. 요즘 시대에 누가 이런 대사를 썼다면 '개연성도 부족하면서, 멋밖에 모르는 작가'라며 구박을 받을지도 모른다. 만약 헤밍웨이가 문학의 중심이었던 1950년대에 셰익스피어가 활동했다면, 하드보일드 문학에 떠밀리어 '굉장히 말 많고, 수사만 잔뜩 부리는 작가'라며 천대받았을지도 모른다. 그러고 보면, 작가도 시대를 잘 타고나야 한다.

그나저나, 셰익스피어 같은 대문호가 하늘로 간 지 400여

년이 지나서까지, 나 같은 풋내기 작가한테 이런저런 말을 듣는다고 생각해보면, 대문호는 죽어서도 참 피곤하겠다는 생각도 든다. 셰익스피어 선생님, 딱히 불만을 가지고 한 말은 아니에요. 〈로미오와 줄리엣〉 잘 읽었습니다. 선생님 방식대로 말하자면, "오오. 당신이 선사한 활자로 내 눈동자가 멀고, 당신이 뿌려놓은 이야기의 꽃향기에 내 이성이 마비될 지경이었습니다." 아니, "당신이 닦아놓은 이야기라는 길 위에서 내 두뇌는 충격을 받아, 새로운 세상을 찾겠다며 내 몸으로부터 이탈하여 결국 저는 지금 두뇌가 없는 상태에서 이 글을 쓰고 있으니 이 모든 게 당신의 책임이라면 책임이고, 아니라면 내가 원래 이렇게 태어났기 때문인데…… (계속 대사 중)"

에세이를
쓰는 법

종종 주변에서 너무 다작하는 게 아니냐는 충고를 듣곤 하는데, 그게 다 몰라서 하는 말이다. 나처럼 각고의 노력을 해봐야 대작이 나올 리 없는 작가는 되는대로 빨리 써서 많이 발표하는 게 장땡이다. 아, 작가라는 양반이 격에 어울리지 않게 '장땡'은 뭐고, 또 예술혼에 걸맞지 않게 '되는대로 빨리'라는 건 또 뭐냐고 한다면, 그것도 다 몰라서 하는 말이다. 세상엔 찰스 디킨스 같은 작가도 있고, 헨리 밀러■ 같은 작가도 있는 것이다. 물론 내가 찰스 디킨스 같은 작가일 리 없으니, 그

■　성애소설의 대가.

렇다면 헨리 밀러냐 한다면 그것 역시 아니다. 요점은 세상엔 정말 다양한 작가들이 있다는 것이다. 색상표를 펼치면 우리가 채 이름도 모르는 색깔이 있듯, 세상에는 정말 다양한 색깔을 가진 작가들이 있다.

그렇기에 찰스 디킨스나 조지 오웰 같은 작가라면 이렇게 말 안 할지 모르겠으나, 나는 에세이란 무릇 "되는대로 빨리 쓰는 게 오히려 낫다"고 여긴다. 여기서 '오히려 낫다'고 표현한 이유는 당연히 심사숙고 끝에 여러 소재를 비교해보고, 이런저런 표현을 궁리한 끝에 마침내 '그래, 이번에는 바로 이거야!'라고 결정하는 게 최고이기 때문이다. 그게 아니라면 되는 대로 빨리 쓰는 게 벽에 머리를 쿵쿵 박으며 시간만 끄는 것보다 '오히려 낫다.' 나는 지난 4년간 몇 번의 휴식기를 제외하고는 거의 매주 에세이를 한 편씩 꾸준히 써왔는데, 별의별 방법을 다 활용해봤다. 오로지 에세이를 쓰기 위해 3일 동안 굶으며 신께 영감을 구하고, 쉴 새 없이 밀려오는 영감을 재빠르게 기록할 손가락의 근력을 키우기 위해 지리산으로 동계훈련을 떠나기도 한 건 아니지만, 나름대로 머리를 쥐어뜯으며 다양한 경험들을 해왔다. 소재 개발에 뜨거워진 머리를 식히기위해 몇 시간 동안 달리기도 했고, 쇼핑 후기를 쓰기 위해 쓸

데없는 전동드릴 따위를 사기도 했다. 어처구니없기로는 소재가 떨어져 여행기나 쓰자며 해외여행까지 다녀온 적도 있다. 이 모든 경험을 통틀어 내가 도달한 결론은 '에세이는 그냥 즉흥적으로 떠오르는 생각을 아무렇게나 쓰는 게 오히려 낫다'는 것이다.

물론 어떤 때에는 '아하. 다음 주엔 이거야!' 하고 머릿속에서 전구가 켜지며 멋진 표현들이 기다렸다는 듯이 쏟아지지만, 그런 일이 항상 일어나지는 않는다. 대개는 끙끙대며 '뭐야, 또 한 주가 돌아온 거야? 세월 참 빠르군' 하며 투정 부릴 뿐이다. 때론 신에게 '제발 다음 주가 오지 않게 해주세요!' 하고 엉엉 울며 매달리고 싶을 때도 있다. 결국 이러한 시간을 거쳐 언제 글이 잘 써지는가 곰곰이 고민해보니, 그건 아무 욕심 없이 오로지 '글을 쓰고 싶다는 마음만으로' 노트북을 펼쳤을 때다.

대신 그러기 위해서, 평소에 다른 소재나, 다른 이야기로 글을 쓰는 연습을 충분히 한다. 이야기가 어떻게 흘러가야 매력적인지 관심을 끊지 않고 일상 속에서 살펴본다. 소설을 쓰며 어떤 문장이 좋은지, 어떻게 전개되는 사건이 재밌는지 꼼꼼히 기억해둔다. 그러고 나서 에세이를 쓸 때는 '가벼운 1루타 하나를 치려는 타자의 심정'으로 앉는다. 그걸로 충분하다. 그러다 보면 때에 따라서 2루타가 나오기도 하고, 3루타가 나오기도 한다. 운이 좋으면 홈런이 터지기도 한다(물론 흔치 않지만). 당연히 삼진을 당하기도 한다. 그럴 땐 툴툴거리며, 그저 다음 타석을 기다린다. 다음 주에 잘 써야지, 하고 마음먹으면 그만이다.

이야기를 잇자면, 타자가 타석에 서 있는 순간은 굉장히 짧다. 파울볼만 한 시간씩 쳐낸다면 이야기는 달라지겠지만, 대부분 연습시간에 비해 상당히 짧은 시간 동안 서 있다. 이것이 본질이다. 에세이를 쓰기 전엔 충분히 이런저런 글들로 연습을 해둔다. 소설을 쓰고, 남의 이야기를 듣고, 영화를 보고, 머릿속에 좋아했던 스타일들을 떠올려본다. 그리고 타석에 서듯, 모니터 앞에 앉는다. 멍청하게 가만히 앉아서 '어디 영감이 언제 내려오려나' 생각하지 않고, 지금 공이 날아오고 있다는 자세로 키보드 앞에 앉는다. 물론 어떤 공에는 배트를 휘두르지 않듯, 어떤 생각은 바로 흘려보낸다. 그러다 비록 작지만 마음에 드는 생각 하나라도 떠올랐을 때, '이거야. 지금 쳐야 해!'라는 심정으로 키보드를 두드린다. 확실한 공에는 배트를 힘껏 휘두르고, 적당히 맘에 드는 공에는 가벼운 맘으로 배트를 돌리듯, 그런 맘으로 글을 쓴다. 세 타석에 안타 하나씩만 쳐도 3할 타자가 될 수 있듯, 이런 맘으로 에세이를 쓰면 내 타자기가 3할 타자기가 될지도 모른다는 생각으로 쓴다.

물론, 3할 타자는 어렵다. 하지만 세상에는 분명히 3할 타자가 존재한다. 따라서 내 타자기라 해서 3할 타자기가 되지 말라는 법은 없잖아, 라고 여기며 타자를 친다. 이 글 역시 그렇게 썼다. 물론, 가벼운 마음으로. 에세이란 이렇게 심플한 것이다.

타국에서의
독서

이런 말을 하면 믿을지 모르겠지만, 나는 끔찍할 정도로 책을 읽지 않는다. 물론 작가이기 때문에 최소한의 독서 정도야 한다. 하지만 내가 아는 한 다른 작가들이나 일반 독자들에 비하면 나의 독서수준은 형편없다. 이유야 여러 가지가 있는데, 일단 어렸을 적에는 영화감독이 괜찮겠다 싶어, 영화를 무척 많이 봤다. 그전에는 만화책에 빠져 있었다. 그러다 대학생이 되어 최소한의 독서 정도는 하게 되었는데, 그때에는 주로 사회과학서적이나 에세이를 읽었다. 그러다 보니 자연히 소설에는 손이 가지 않게 되었고, 어쩌다 소설을 펼쳐도 재미없거나, 지루하다고 느꼈다. '도대체 누가 이런 소설을 쓴 거야!'라고 생각하기도 했고, 역시 '도대체 누가 이런 소설을 읽는 거야!'라고 생각하기도 했다. 고백건대 소설가가 되기 전까지 읽은 소설은 총 두 권이다. 그러므로 내가 소설가가 되리란 생각은 상상조차 하지 않았다. 이래서 인생은 재미있는 것이다. 동시에, 그때에 — 즉, 지루한 소설을 읽다가 포기할 때 — '소설가들은 한심한 족속이군!' 하며 욕하지 않은 것을 천만다행으로 여긴다. 그랬다간, 지금의 나는 스스로 규정한 한심한 족속으로 살아갈 뻔했다. 말하자면, 알래스카에 대해 던진 험담일지라도, 언젠가는 부메랑이 되어 자신에게 돌아올 수 있는 게 바로 인생이다.

어쨌든 소설가가 된 후로는 적어도 한 달에 소설 한 권은 읽어야지, 라고 작심하고 꾸준히 노력하고 있다. 그런데 시도는 수없이 하지만, 완독할 수 있는 작품을 만나기가 쉽지 않다. 일독에 성공하려면, 그 작품에 푹 빠져서 다른 데는 눈 돌릴 틈조차 없이 읽어야 하는데, 그런 작품을 만나는 것은 대단한 행운이다. 그렇지 않을 경우엔 작심하고 읽어야 하는데 그것마저 쉽지 않다. 조금 읽다 보면 혹시 '이게 더 재밌지 않을까?' 하는 마음에 다른 책에 관심을 가지기 마련이고, 그럼 또 다른 책을 사거나 펼쳐보게 된다. 그러다 보면, 결국 완독

한 책은 얼마 안 되지만 책장에는 책이 가득 차는 기현상이 일어나게 된다. 그 증거가 바로 내 책장이다. 읽지 않은 책들, 읽다 포기한 책, 미래에 읽기로 작정한 책들로 내 책장은 가득 차 있다(아이러니하게도 말이다). 아마 내가 가진 서적 중에 완독에 성공한 책은 5%도 되지 않는 것 같다.

그럼에도 불구하고 내가 집중해서 책을 잘 읽어내는 경우가 있는데, 그건 십중팔구 여행을 왔을 때다. 짧은 기간 빠듯한 일정으로 여행을 온 경우가 아니라, 다소 긴 기간 동안 특별한 일정 없이 왔을 때는, 그야말로 '독서' 외에 할 일이 없다. 영어도 잘 통하지 않는 낯선 나라에선 TV를 틀어봐도 화면만 볼 뿐이고, 돌아다니는 것도 어느 정도 하다 보면 지친다. 결국 햇살 좋은 의자에 앉아 음료수를 쪽쪽 마시며 책을 읽는 수밖에 없다. 이렇게 해서 코바야시 타끼지의 《게 가공선》과 김승옥의 《무진기행》, 황석영의 《삼포 가는 길》을 읽었다. 이 작품들은 굳이 여행을 오지 않더라도 읽기에 훌륭한 소설이지만, 나처럼 독서의 근육이 약한 인간이 여행마저 오지 않았더라면, 즉, 낯선 방에 홀로 남겨진 시간들을 어떻게라도 감내해야 하지 않았더라면, 과연 언제 생의 영양분들을 제대로 섭취할 수 있었을까 하는 의문이 든다.

나는 지금 북부 태국산간 마을 '빠이'에 와 있다. 이번에는 작정하고 도스토옙스키의 《카라마조프가의 형제들》을 들고 왔다. 역시 작심하고 들고 왔지만, 좀처럼 속도가 붙지 않아서 가벼운 맘으로 읽으려고 영어책 중고서점에 들러 《Down Under》▪라는 에세이도 샀다. 일주일 이내의 여행이라면 매일 맥주만 마셔도 모자랄 테지만, 한 달이 넘는 기간 동안 지내려면 역시 책이 긴 밤을 버틸 수 있게 해주는 모닥불 같은 역할을 한다. 그리고 여행을 와서 그런지 아무래도 두꺼운 《카라마조프가의 형제들》보다는 빌 브라이슨의 《Down Under》 쪽으로 손이 간다. 게다가 아직 사지도 않았지만, 중고서점에서 선 채로 구경을 했던 이완 맥그리거의 《Long Way Round》▪▪라는 책도 눈앞에 아른거린다. 배우 이완 맥그리거가 동료 배우인 찰리 부어만과 함께 오토바이를 타고 108일간 여행한 이야기라는데, 이 둘은 런던에서 출발해 유라시아 대륙과 알래스카를 거쳐 뉴욕에 도착했다. 이 둘의 이동거리를 지도에서 보면 완벽한 직선에 가깝다. 말 그대로 대륙횡단인 것이다. 둘은 이 오토바이 여행을 2004년에 했는데, 그 후 "몸에 달라붙은 여행 벌레를 떨쳐내지 못해 2009년

▪   한국에는 《빌 브라이슨의 대단한 호주 여행기》로 번역 출간됐다.
▪▪   한국에는 《이완 맥그리거의 레알 바이크》로 번역 출간됐다.

에 다시 여행을 떠났다"고 한다. 이번에는 스코틀랜드에서 남아공까지 가는 여행이었다. 그 역시 《Long Way Down》이란 제목으로 2008년에 출간되었다. 이 글을 쓰다 보니, 다시 중고서점에 가서 《Long Way Round》부터 사야겠다는 생각이 든다. 그러다 보면 어느새 2권인 《Long Way Down》을 사고, 그러다 보면 역시 어느새 바이크로 대륙 횡단할 계획을 세우고 있을지도 모르겠다.

*

이 책을 퇴고하고 있는 2017년 현재, 역시 태국의 같은 마을인 '빠이'에 와 있습니다. 이번에는 더글라스 케네디의 《파리 5구의 여인》과 《위험한 관계》, 기욤 뮈소의 《브루클린의 소녀》와 《지금 이 순간》, 히가시노 게이고의 《라플라스의 마녀》 등을 가져와 즐겁게 읽었습니다.

누군가의

아날로그

 시간이 날 때마다 잡지를 들춰보는 걸 좋아하는데, 주로 여행잡지나, 건축 디자인 잡지, 혹은 영화잡지를 본다. 그중에서 내가 뭔가를 읽어내는 건 영화잡지가 유일하다. 다른 잡지들은 그저 그림과 제목을 보는 것만으로도 느낌과 정보가 머릿속에 들어오는 느낌이다. 머릿속에 들어오지 않더라도 가슴에 어떠한 인상이 남아 그것만으로도 충분하다는 기분이 들기도 한다. 그런데, 영화잡지 〈씨네21〉은 '으음. 이런 영화가 나왔군' 하는 느낌으로 보려고 펼치면, 어느새 나도 모르게 기사를 읽고 있다. 어쩐지 한두 문장을 읽다 보면 그 문장이 꼬리에 꼬리를 물어, 결국은 다 읽게 되고 만다. 그러다 보니 쉬려고 〈씨

네21)을 펼쳤다가, 그만 정독하는 바람에 지쳐버려 소설을 쓰지 못한 날들도 많다. 그건 다 내 잘못이고, 오늘도 자칫하면 이 글마저 못 쓸 뻔했는데 그건 바로 한 기사 때문이었다.

'고마웠어, 필름영화'라는 제목의 기사였는데, 내용인즉 파라마운트 사가 미국에서 "〈앵커맨 2〉가 필름으로 배급하는 자사의 마지막 영화가 될 것"이라고 극장주들에게 통보했다는 것이다. 나는 이 기사를 보며, '내 생과 함께해왔던 한 시대가 끝나는' 느낌을 받았다. 말하자면, 정치인이 베를린 장벽이 무너지는 걸 보며 느끼는 감정이나, 인쇄기사가 더 이상 활자 인쇄기를 쓰지 않을 때 느끼는 감정 같은 것이다. 나는 어린 시절 영화감독을 꿈꿀 정도로 명백한 충무로 키드로 살아왔다. 중학교 1학년 때부터 토요일 오전 수업이 끝나면 자전거 페달에 힘을 실어, 고향에 있는 단일 개봉관으로 달려갔다. 극장 벽 한쪽에 화려하게 붙어 있는 스틸 컷들을 뚫어지게 보았고, 유리벽 안에 설치된 TV 수상기 안의 예고편을 몇 백 번이나 보았다. 학창시절의 거의 모든 용돈을 극장에 갖다 바쳤다 해도 과언이 아니다. 내가 군대를 다녀오고, 일이나 학업 때문에 외국에 나가 있었던 시간을 모두 합치더라도 중학교 1학년 이후로 평균 일주일에 한 편 이상은 개봉관에서 영화를 봐왔다.

물론, 모두 필름영화였다. 말하자면, 필름영화는 내 생의 한 축과 같은 것이었다.

당연한 말이지만 시간은 앞으로 흘러간다. 사람은 늙어가고, 건물은 낡아간다. 필름 역시 언젠가는 사라질 것이었다. 말하자면, 이제 진정 고집스러운 작가를 제외하고는 어느 누구도 육필로 집필하지 않는 것과 같다. 역시 정말 자기만의 세계를 고집하는 작가를 제외하고는 어느 누구도 타자기로 원고를 치지 않는다. 모두가 노트북이나 데스크톱 앞에 앉아서 변화된 시대의 요구에 몸을 맞춰가며 살아가고 있다. 나 역시 군대를 가기 전에는 모든 글을 손으로 썼다. 타자기 앞에는 앉아본 적도 없다. 그런데, 타자기에 적응할 틈도 없이 바로 컴퓨터의 시대가 왔다. 글을 쓰려면 당연히 컴퓨터가 있는 책상 앞에 앉아야 했고, 그러다 모두가 노트북으로 글을 쓰는 시대가 왔다. 이런 말을 하고 보니, 상당한 할아버지 같지만 나는 고작 30대다. 겨우 30대인 내가 이런 변화를 겪어왔는데, 노작가라면 얼마나 많은 변화의 파도를 맞았을까. 아직도 인터넷 뱅킹을 쓰지 않는 나는 생각만 해도 현기증이 나려 한다.

나는 5주간 태국의 히피 마을에 여행을 갔다가 지난주에 가까스로 돌아왔다. 지난 4년간 작업을 해온 카페에 오니 주인장이 내게 한 뭉치의 편지를 건네주었다. 한 독자가 손으로 직접 쓴 여러 통의 편지였다. 많은 감정들이 그 안에 문장의 옷을 입고 있었으나, 가장 기억에 남는 문장은 이것이었다. "제가 작가님의 아날로그가 되어드릴게요." 누군가의 아날로그가 된다는 것. 나는 그 문장을 오랫동안 바라보았다. 누군가의 생의 속도를 늦추고, 시간을 돌리고, 잃어버린 것을 찾게 하고, 자신을 돌아보게 하는 것. 나는 속으로 고맙다는 말을 되뇌었다. 누군가가 나의 아날로그가 되어준다는 사실이 참으로 고마웠다.

그나저나, 답장은 썼냐고요? 아니요. 대신, 이 글이 저의 답장입니다.

빌려 쓰는

삶

　세상의 그 어떤 멍청이도 여행 중에 고작 일주일 머무르겠다고 민박집을 사진 않는다. 당연한 말이지만 숙박업소에 하루치 비용을 지불했다 해서 법무사가 공증을 서주지도, 동사무소에서 임대권 설정을 해주지도 않는다. 우리는 여행을 가면, 당연한 듯 이런 식으로 잠자리를 며칠씩 '빌려 쓰게' 된다. 하지만 그 어떤 언어학자나, 제아무리 꼼꼼한 성격의 소유자라도 "아, 피곤해서 이제 그만 '렌트한 방'에 가서 쉬어야겠어"라고 말하지 않는다. 그저 간단하게 "내 방My Room에 가서 쉬어야겠어"라고 한다. 어째서 그게 자기 방인가. 숙박업소 주인의 방 아닌가. 하지만, 누구도 이렇게 꼼꼼히 따지지 않는다(나처럼 과학적인 도시남자만 따질 뿐. 우후후). 이건 모두가 잠자리를 하루씩 빌려 쓰는 걸 아주 당연하게 여기기 때문이다.

우리는 여행을 떠났을 때, 뭐든지 빌려 쓰는 걸 당연하게 느낀다. 그런데, 폭넓게 보자면 천상병 시인이 이 땅에서의 삶을 '한 번의 소풍'으로 비유했듯, 인생 자체가 한바탕 여행 아닌가. 즉, 우리 인생을 긴 여행으로 보았을 때, 우리는 많은 것을 빌려 쓰면서 그것을 내 것으로 긍정하며 지낼 수 있다. 경제학적으로 보면 이것은 명백한 착각이지만, 심리학적으로 보자면 낙관적인 착각이라 할 수도 있다. 오늘은 '백세 시대'라는 예기치 못한 생의 연장을 부여받은 우리에게, 과연 소유란 무엇이고 대여란 무엇인지 생각해보려 한다.

이럴 리 없지만, 하늘에서 돈다발이 갑자기 떨어졌다고 가정을 해보자. 그것도 감당할 수 없을 만큼 무더기로. 물론, 이때껏 착하게 살아온 나의 과거 행적을 보아, 일단은 전 세계 어린이들을 위한 기부와, 물 부족 해결을 위한 기금, 세계 평화 정착과 망원동 발전기금을 위해 쾌척을 할 것 같다(물론, 돈다발이 떨어질 리 없어서 하는 말이다). 그렇게 하고서도 남으면 독일 맥주를 원 없이 마실 수도 있고, 그래도 남는다면 마지

막으로 집을 지을 수도 있다. 그런데 요즘의 건축 기술로 집을 지으면, 백 년 이상 무너지지 않고 버티지 않는가. 그러므로 지금 내 나이에 집을 짓는다면 아마 그 집은 내가 죽고 난 후에도 무너지지 않을 것이다. 즉, 내 돈 — 사실 내 돈이라는 것도 없다. 모든 돈은 말 그대로 '돌고 도는' 것이라, 잠시 내 손을 거쳐갈 뿐이다. 하지만 편의상, 내 돈 — 으로 지은 집이라 해도, 온전히 내 것이 될 수 없다. 나보다 오래 살고 버티는 것은 엄밀히 말해 나만의 것이라 할 수 없기 때문이다. 이것은 누구와 함께 써야 하는 것이거나, 내가 포용할 수 있는 범위 이상의 것이다. 간단히 말해, 내가 필요한 범위를 넘어서는 것이다. 앞서 말한 것처럼 돈이 (썩어문드러질 정도로) 남아 돌면 (스트레스 받지 않기 위해) 집을 짓거나, 살지도 모른다. 그러나 명의가 내 이름으로 됐다고 해서, 그것이 온전히 내 것이 될 수는 없다. 나는 돈을 지불하고, 잠시 내가 사는 동안 그 집을 빌려 쓰는 것이다. 결국은 누군가에게 그 집을 물려주거나, 그 집을 양도해야 한다. 집을 팔아 돈을 받는다 해도 그 돈 역시 누군가와 함께 써야 하거나, 누군가에게 물려줘야 한다. 애초부터 온전히 내 것인 것은 없었고, 앞으로 온전히 내 것일 수 있는 것도 없는 셈이다. 모든 것은 시간이 지나면 휘발돼버리기 마련이다(다만, 각자의 시간이 다를 뿐이다).

물론 집만 이런 건 아니다. 소모품, 가령 연필이나, 노트북이나, 전화기 따위는 나보다 일찍 죽어버린다. 온전히 내 것이라면 내가 웃고, 우는 평생 동안 함께할 수 있어야 하지만, 이것들은 그저 내게 잠시 머무를 뿐이다. 비록 내가 일정 비용을 지불하고, 표면적으로는 내 소유로 인정을 받더라도, 그것들은 언제나 살아 있는 나를 떠나 어느 순간 죽어버린다. 그렇기에 나는 항상 떠나보내야 한다. 과연 나를 스쳐지나갈 뿐인 것을, 온전한 내 것이라 할 수 있을까. 경제학 용어를 빌려 말하자면, '구매'란 비용을 지불했더라도 결국 '화폐의 교환행위'인 것이다. 화폐와 물품을 교환했지만, 그 물품이 온전히 내 것이 될 수 없다면? 나는 결국 모든 것을 빌려 쓰는 것이다. 이렇게 본다면, 인생은 '끊임없이 뭔가를 빌려 쓰는 날들의 연속'이다. 어떻게 생각하더라도, 내 것은 아무것도 없다는 게 이 땅에서의 삶의 전제조건이다. 물론, 모든 이의 생이 이렇다 말할 순 없다. 하지만, 일단 내가 처한 생은 이렇다.

이 생각이 햇살처럼 꾸준히 마음을 비추면 얼음처럼 견고했던 헛된 희망도, 쓸데없는 꿈도 스르륵 녹게 된다. 인생은 담백해지고, 바라는 건 소박해지고, 일상은 간결해진다. 소유에 대한 집착도 줄고, 상실에 대한 안타까움도 준다. 원래 내 것은 없었기에, 당연히 모든 걸 빌려 쓴다고 여기게 된다. 이렇듯 하루씩 자신의 삶을 빌려 쓰게 된다. 결국, 삶 전체가 빌려 쓰는 것이 된다. 잃을 것도, 얻을 것도 없다.

*

정리하면, 마르케스의 머리에서 나온 건 《백 년 동안의 고독》이었는데, 제 머리에서 나온 건 〈백 년 동안의 대여〉인가요. 아, 이게 뭐죠?

택배

징크스

나에겐 소설가로서의 징크스가 있는데, 일견 소설가와는 아무 상관이 없는 것처럼 들릴지 모르겠다. 그건 희한하게도 택배 배달부가 초인종을 누를 때마다 내가 화장실에 있다는 것이다. 그것도 샤워를 하고 있거나, 한 명의 동물적 인간으로서 중대사를 치르고 있을 때다. 그러므로 택배가 왔다 해서 발가벗은 채로 뛰어나가거나, 때마침 찾아온 신체의 반응을 거스르고 나가볼 수는 없는 노릇이다. 그런데, 이게 소설가와 무슨 상관이 있느냐면, 이때 오는 게 대부분 출판사에서 보낸 신간 소설이기 때문이다. 당연한 말이지만, 내가 소설가가 아니라면 이런 책이 올 리 없다.

물론, 출판사가 모든 신간을 보내는 건 아니다. 당연하다. 내가 말한 건 어디까지나, 동료·선후배 작가들이 자기 신작이 나왔다며 출판사를 통해서 보내주는 것이다. 그런데 말했다시피, 이런 책이 올 때마다 슬프게도 화장실에서 생존에 필요한 동물적 일을 치르고 있었다. 그렇기에 이제는 누가 연락을 해서 "어. 새 책이 나왔어. 주소 좀 불러봐" 하면, 나는 반사적으로 "무슨 말씀입니까! 책은 사서 봐야지요. 서점 가서 사보겠습니다"라고 말한다. 당연히 택배 징크스 때문이기도 하지만, 궁극적으로는 내가 '책은 보내지도 말고, 받지도 말자'는 주의이기 때문이다. 책을 보내주는 일은 물론 고마운 일이다. 하지만, 받고 나면 나도 책을 보내지 않을 수 없다. 게다가 책을 받는다 해서 모든 책을 읽을 수도 없는 노릇이다. 여러 번 말했지만 나는 독서를 잘 못하는 편이다. 어느 정도냐면 책 백 권을 펼치면, 그중 한 권을 가까스로 완독하는 수준이다. 그렇기에 다음에 책을 보내준 작가를 만나면 '아! 책까지 보내줬는데, 못 읽어서 어쩌지'라는 마음이 들어, 오히려 슬금슬금 피하게 된다. 친해져보려고 책을 보내줬는데, 오히려 멀어지는 역효과가 난다. 이런 작가는 정말 없지만, 행여나 "으음. 어떻게 읽었어?" 하고 물어볼까봐 제 발 저리게 된다. 자연히 출판사에서 주최하는 연말 송년회 같은 데도 가지 않게 된다. 가면 책을 못 읽은 작가들이 잔뜩 앉아 있어, 그야말로 초조한 상태가 된다. 맥주도 안 넘어간다.

때문에 전화가 오면 매번 "반드시 사서 볼 테니까, 보내지 말라고요"라고 누누이 말하지만, 그럴 때마다 "이미 이름까지 써서 사인해놓았단 말이야"라는 대답이 돌아올 뿐이다. 그럼 어쩔 수 없이 또 주소를 불러주고, '제발 화장실에 있을 때에만 오지 말아주길' 하며 기도하는 심정으로 하루를 보낸다. 별일 아닌 것 같을지 모르지만, 실은 이렇게 해서 반송된 책이 꽤 있다. 특정 출판사와 무슨 악연이 있는 건지는 모르겠지만, 유독 M출판사와 C출판사에서 보낸 책은 꽤나 반송이 됐다. 한 번은 아는 후배 시인이 오밤중에 전화를 해서 "형한테 보낸 책이 출판사로 반송이 됐는데, 출판사에서 그걸 1년동안 보관하고 있었다"며 "당연히 형이 책을 받은 줄로 알고 있었다"고 말했다. 나는 구차하게 '저어, 실은 말이야. 내가 꼭 화장실에 있을 때마다 택배가 와서 말이지…'라고 설명할 수 없어, "아아. 그런 일이 있었군…" 하며 어물쩍 넘어갔다. 편집자와 통화를 하다 우연히 알게 된 사실도 있는데, C출판사에서 내게 보낸 택배는 네 번이나 반송됐다고 한다. 거. 참.

이렇게 되니 누가 택배를 보내준다 하면 신경이 쓰이지 않을 수 없다. 게다가 (과도히) 고도화된 배달 시스템의 (성가신) 결과물이라 할 수 있는 '등기우편물'로 인한 고생은 특집 연재물로 쓸 수 있을 정도다. 집에서 글을 쓰고 있을 때에, 신은 어쩌다 한 번씩 전 세계 문학소녀들이 내 이름을 외치며 눈물을 콸콸 쏟게 할 문장을 알려주기도 하는데, 하필이면 이런 때에 요물 같은 등기우편물이 도착한다. 물론 초인종을 격렬하게 울려대며 일생일대의 유레카적 순간을 방해한다. 문제는 알고 보면 내가 또 상당히 친절한 남자라, 나는 매번 어쩔 수 없이 인류의 역사를 바꿀 문장을 잠시 뒤로 하고 우편물 수령지에 사인을 한다. 하지만 사인을 끝내고 나면 '신이 내려준 문장'은 불쾌하다는 듯이 사라져버린다. 마치, '지금 사인이 대수야?'라는 것처럼. 항상 '흥, 나야? 등기야?'라며 선택을 강요하는 극단적 애인 같다. 물론, 매번 놓쳐버린다. 그런데 등기우편 배달부는 내가 집에 없으면, 다음에 또 찾아오겠다는 일종의 경고장까지 문에 붙여놓고 간다. 물론, 나는 더 불안해진다. 이런 식으로 총 세 번의 우여곡절을 겪으면, 결국 우편물은 우체국으로 돌아가고, 그걸 찾으러 우체국으로 오라는 최후통고장까지 붙는다. 하지만, 우체국에 찾으러 간 적은 한 번도 없다. 미안하지만 그렇게 중요한 것이라면 우편물로 보내지 말아야 한다는 게 나의 철학이다. 여하튼, 이런 식으로 한두 권씩 받다 보면, 나도 보내지 않을 재량이 없다. 그러다 보면 점차 그 대상이 늘어나, 어느 순간 백 명을 훌쩍 넘기 마련이다(실제로 많은 작가들이 신작이 나올 때마다, 자기 돈으로 책을 사서 백 명 이상에게 보낸다. 나 같은 전업작가이면서, 다작을 하는 작가로선 상상조차 할 수 없다). 즉 많이 받을수록 많이 보내야 하는 것이다. 그렇기에 누누이 말한다. "우리 서로 보내지 말고, 꼭 사서 보도록 해요."

그리고 굳이 보내야 한다면, 등기는… 아아, 머리가 어지러워진다. 등기는 참아주세요.

그나저나 이런 문제 때문에 이제는 매일 글을 쓰는 '커피 발전소'라는 카페 편으로 출판사의 책을 받고 있는데, 어쩐지 주인장의 얼굴이 점차 골치 아픈 우체국장처럼 변해가고 있다. 저 때문인가요, 사장님?

한국문단을 향해
기어가는 좀비

　나는 주로 어처구니없는 소설을 쓰기에 소설이나 영화도 터무니없는 이야기를 좋아할 거라 생각할지 모르지만, 전혀 그렇지 않다. '아, 저거! 내가 겪은 일이야'라고 소리칠 만큼 현실적인 이야기를 좋아한다. 한데, 예전에 한 문예지로부터 청탁을 받고 '좀비가 등장하는 소설'을 쓰기로 결심한 적이 있다. 어째서 현실적인 소재를 좋아하는 작가가 좀비가 기어 나오는 소설을 쓰기로 했느냐면, 그건 한국문단의 폐쇄성과 어느 정도 연관이 있다.

　차후의 논의를 위해선 일단 한국문단에 대해 언급할 필요가 있는데, 우선 문단이라는 것은 굉장히 추상적인 존재로 그 어디에도 실체가 없다. 말하자면, 하나의 개념 같은 것이다. 물론, 육안으로는 식별이 불가능하지만 어딘가에는 존재를 하는, 즉 이산화탄소와 같은 것이다. 하지만, 그 개념 역시 두루뭉술하기 그지없는데, 문학비평용어사전에 따르면 문단의 뜻은 '문학인으로 이루어진 사회적 분야'다. 이게 정의라면, 문단은 그 범위가 너무 넓고, 그 뜻도 애매하다. 그렇기에 문단을 이해하는 방식은 천차만별이다. 어떤 이는 '등단한 문인들이 모여서 술을 마시는 자리'로 이해하고, 다른 이는 '문학상 시상식과 그 뒤풀이'로 여기고, 또 다른 이는 '문인들이 문학적 토론을 하는 자리'로 여긴다. 그렇기에 문단 활동을 이해하는 방식 역시 각양각색이다. 어떤 이는 여기저기 돌아다니며 문인들과 술을 열심히 마시는 작가를 보며 "저 친구 왕성하게 활동하는군!" 하는가 하면, 다른 이는 시상식에 꼬박꼬박 참가하는 작가를 보며 "문단에 열심히 나오는 친구군" 하기도 한다. 즉, 어떤 것이 문단 활동인지 딱 꼬집어 말하기 애매하다.

　문단이라는 단어 역시 집단이나 조직이라 하기엔 어폐가 있는 것 같고, 공동체라 하기에도 어색하다. 하지만 딱히 뭐라 칭할 단어가 없기 때문에 모두들 '으음. 그. 그러니까, 그게 문단 아닌가' 하는 식으로 '문단'을 언급한다. 어떻게 보면 규정하기 애매하기 때문에, 더욱 '문단'이라는 두루뭉술한 표현에 기대는 것일 수도 있다. 실체가 없기 때문에 그러한 것일 수도 있다. 그런데, 이 실체가 없는 문단은 굉장히 폐쇄적이고, 권위적인 속성을 가지고 있어서, 조금이라도 몸을 담그고 있으면 나까지 이상해지는 게 아닌가 하는 생각이 든다. 게다가, 한국 문단은 자신들의 고결성과 권위, 혹은 순수성을 지키기 위해 언급하지 않는 몇 가지 소재가 있는데, 내가 관찰한 결과 그것은 다음과 같다.

— 그저 달콤하기만 한 로맨스(특히 해피엔딩으로 끝나버리면 모두가 경악한다).
— 단지 범인을 잡기 위해 전력질주하는 추리소설(셜록 홈즈가 한국에서 태어났으면, 등단도 못해서 아마 출판사의 송년회에 초대받지 못했을 것이다. 행여나 자리에 끼게 되더라도 테이블 제일 끝자리에 앉아야 했을 것이다).
— 증권이나 주식 투자로 인한 성공과 좌절 이야기(세부적으로 어떻게 거래를 했는지 밝힐수록 순수문학에서는 멀어진다).
— SF 유의 지나치게 과학적이거나, 혹은 전혀 사실적 근거가 없는 이야기

이 외에도 여러 가지가 있을 수 있는데, 내가 살펴본 결과 가장 기피하면서도 가장 뜨거운 소재는 '좀비'다. 순수문학계에서는 좀비에 관해 본격적으로 쓰길 기피하지만, 장르문학계에서는 하나의 우주가 존재한다 해도 과언이 아닐 만큼 좀비에 관한 책이 어마어마하다. 밤하늘에 떠 있는 별처럼 무수하다. 이런 한국적 문학세계의 실체를 접한 후, 나는 부족한 이 한 몸을 바쳐 모국의 창작적 외연을 확대하겠다는 포부에 젖은 건 아니고, '왜 이런 건 하면 안 되나?' 하는 마음으로 좀비 소설을 쓰기로 했다.

하지만, 나는 다소 소심한 경향이 있기 때문에 처음부터 내 소설이 좀비물이라는 것을 밝히고 싶지 않다. 그래서 초반에는 본격 문학처럼 시작하며 수사적 문장을 잔뜩 써놓은 뒤, 남자 주인공이 애석하게도 비극적인 죽음을 맞게 되면, 그때 갑자기 좀비로 환생하며 좀비물로 급변하도록 구성을 했다. 그런데, 이 남자의 애인이었던 여자 주인공은 그를 죽였다는 오해를 받게 되어 감옥에 가게 된다. 어이구! 그러면서 갑자기 여자 감옥물이 펼쳐진다.

하지만, 여자는 탈옥을 하게 되어 ― 여기서는 탈옥물로 둔갑 ― 다시 사회로 나와 연구소를 찾아간다. 여자는 애인이었던 남자를 인간으로 되돌릴 백신을 개발하게 되는데, 이번엔 당연하다는 듯 메디컬드라마로 바뀐다.

혼신의 연구 끝에 백신 개발에 성공해 둘은 마침내 결혼한다. 이때, 양가는 혼수 문제로 심하게 다투게 되는데, 이 과정에 한국 결혼문화의 허례허식에 대한 강도 높은 비판이 소설에 곁들여지며, 소설은 갑자기 사회고발형 르포문학으로 변모한다.

여타 커플처럼 우여곡절 끝에 둘은 짭짤한 축의금을 챙기며 결혼하지만, 이번엔 미국에서 백신기술을 빼돌리기 위해 캡틴 아메리카를 투입하면서 히어로 물로 바뀐다. 이에 여자 주인공 역시 살신성인의 정신으로 자신의 몸을 히어로로 둔갑시켜 백신기술과 남편인 남자 주인공을 지켜낸다. 하지만 히어로답게 남편에게 자신의 정체를 알리지 않는다. 문제는 남편이 이 비밀의 여자 히어로에게 홀딱 빠져버린다는 것이다(여자 히어로는 철갑 보형물 때문에 몸매가 풍만해 보인다). 급기야 남자는 여자 히어로를 유혹하려고 "사실 우린 각방 써"라고 위험한 대사를 내뱉으며 무리수를 던진다.

이에 배신감을 느낀 여자 히어로, 즉 여자 주인공은 얼굴에 점을 붙이고 남자 앞에 나타나 복수를 시작한다.

어떤가요, 쓸 만한가요?

*

실제로 이 소설은 〈점의 여자〉라는 제목으로 2년 뒤에 발표했습니다.

소설집 《미시시피 모기떼의 역습》에 실려 있습니다. 헤헤헤.

작가의

말

"소설 뒤에나 붙어야 할 것을 왜 여기에 쓰느냐?" 하셨다면, 부디 참으시길. 이건, 말 그대로 제목일 뿐이니. 네, 오늘의 소재는 바로 '작가의 말.'

나는 이때껏 두 권의 소설에 '작가의 말'을 덧붙였는데, 실은 이게 어떻게 하다 보니 그리 됐을 뿐이다. 원래는 '작가의 말' 따위 쓰고 싶지 않았다. 이유는 궁극적으로 내가 '작가의 말'을 '변명란辨明欄'으로 여기기 때문이다. 즉, 공식적인 창구를 통해 자신이 소설에서 실현하지 못했던 바를 '이건 이렇게 쓰려 했는데 잘 안 되었고요, 저건 저렇게 쓰려고 했는데 또 잘 안 됐어요' 하는 식으로 해명하는 것이(라 여기)기 때문이다. 아귀가 깔끔하게 맞아떨어지는 이야기라면 그대로 끝나버리는 게 담백하다. 이야기가 끝나면 작가는 말없이 물러난다. 독자는 자신이 향유한 이야기의 맛을 나름대로 이어간다. 이것이 내가 생각하는 깔끔한 소설의 마무리다.

그런데, 나는 지난 이틀 동안 또 '작가의 말'을 쓸지 말지 고심해왔다. 그 이유는 바로 첫 소설집(참, 쑥스럽군요. 이제 와서 첫 소설집이라니)을 내는데 편집자가 "아무래도 첫 소설집인 만큼 작가의 말을 쓰는 게 어떻겠냐?"고 했기 때문이었다. 물론, 그렇다 해서 내 소설의 아귀가 딱딱 맞아떨어지는 건 아니다. 하나 그러길 희망하는 나로서는 작가의 말 따윈 아무래도 쓰고 싶지 않다. 그래도 편집자는 "일단은 한 며칠간 쓰는 게 어떨지 고민 좀 해보시죠" 하며 전화를 끊었다.

하지만, 아무리 생각을 해도 내가 쓰고 싶은 말은 없다. '뭐, 이렇게 돼버렸습니다', '요즘은 어묵국에 빠졌습니다' 따위의 말을 쓸 수는 없는 노릇이다. 그렇다고 솔직한 심정으로 '꿈도 희망도 없습니다. 하루 벌어 하루 먹고 살 뿐입니다'라고 쓸 수도 없다. 급기야 나는 '왜 이토록 할 말이 없을까' 고민하다가 그 원인을 깨달았는데, 그건 바로 내가 '가수 출신 예능인이 앨범을 내는 심정'으로 소설을 내기 때문이다.

　가수 출신 예능인이 앨범을 낸다 해서 세상이 환호하진 않
는다. 생계는 방송으로 해결한다. 나 역시, 소설을 낸다 해서
달라지는 건 없다. 거의 없다고 해도 좋을 만큼이다. 작은 변
화라면, 한동안(약 두세 달간) 서점에 책이 깔린다는 것뿐이다.
그리고 약간의 칭찬과 대부분의 험담을 듣는다(이건 물론, 내
경우). 그러면 또 힘차게 밀려오는 시장의 강물에 떠밀려 소설
은 어느새 저 멀리 외진 곳까지 떠내려간다. 이뿐이다. 어. 저
배가 강 위에 뜬 적이 있었던가? 할 정도로 아득한 곳에 가
표류한다. 달리 말해, 강처럼 앞으로 흘러가는 시간의 흐름을
버텨내는 소설은 많지 않다. 거센 조류를 거스를 힘과 의지,
그리고 외부의 역풍이 없는 한 거의 불가능하다. 그렇기에 대
부분의 소설은 시간의 강에 잠시 떠 있다가, 금세 다음 물결
에 떠밀리어 사라진다. 내 소설 역시 마찬가지다. 하지만 나의
공식적인 직업은 소설가다. 어쩐지 소설을 내지 않을 수 없다.
그렇기에 '가수 출신 예능인'이 '나 실은 가수야'라는 심정으
로 앨범을 내듯, 소설을 낸다.

　이러다 보니 소설을 쓴다는 것은 살아간다는 것과 같다

는 느낌이 든다(물론, 이렇게 비장하게 쓰진 않습니다). 매일 아침 '아! 오늘 반드시 살아야겠어' 하고 사는 사람이 거의 없듯이, 아침에 눈을 뜨고 '아, 오늘도 하루가 시작되었구나. 자, 그럼 어디 한 번…' 하는 마음으로 지내듯 글을 쓴다. 하루를 망쳤다고 해서 생 전체를 망치는 것도 아니고, 하루가 잘되었다고 해서 생 전체가 잘되는 것도 아니다. 그러니 일희일비할 일은 없다. 특별히 기뻐할 일도, 특별히 슬퍼할 일도 없다. 칭찬에 우쭐할 일도, 비난에 슬퍼할 일도 없다. 허황된 기대에 몸살 날 일도, 쓸데없는 좌절에 앓을 일도 없다. 매일 하루씩 살아내듯, 그저 소설의 매 페이지들을 써낼 뿐이다. 그러다 보면 새 소설이 나올 때쯤, 자신이 가수라는 사실을 잊지 않으려는 예능인처럼 '음. 또 앨범이 나올 땐가' 하는 심정을 품게 된다(물론 내 경우에는, '음. 또 소설이 나올 땐가'). 그뿐이다. 근사한 작가의 말을 덧붙이고 싶은 마음도, 없는 말을 지어내고 싶은 마음도 없다. 순전한 이야기, 그 자체만으로 만족할 뿐이고, 그 자체만으로도 이미 충분히 괴로웠다. 구라쟁이가 머물기에 가장 편안한 집은 그저 '이야기 속, 그 자체'일 뿐이다.

*

그나저나, 소설이 안 팔리는데, 소설가는 무얼 먹고 사냐

고요?

신기하게도, '소설을 제외한 글'로 먹고 삽니다. 이 점도 가
수 출신 예능인 같네요.

다양한
민박의 세계

   최근에 제주도에 다녀왔다. 지금껏 낸 소설 중에 몇 권은 제주도에 신세를 졌는데, 첫 장편 《능력자》는 제주도에서 퇴고를, 두 번째 장편 《쿨한 여자》는 제주도에서 취재를, 첫 소설집 《시티투어버스를 탈취하라》는 제주도에서 원고 교정을 했다. 일이 이렇게 되다 보니 소설을 낼 때가 되면 '이거, 이번에도 제주도에 가야 마무리가 되는 게 아닌가' 할 정도다. 하여 제주도에 내려가 작업을 하다 돌아왔는데, 이렇게 또 내려가면 지인들이 있어서 한 번씩 방문을 아니 할 수 없다.

   물론, 대부분 묵은 적이 있는 민박집 주인들이다. 당연히 오랜만에 만나면 일단 안부부터 묻게 되고, 자연히 만나지 못한 사람들 이야기까지 묻게 된다. 일종의 절차 같은 일상적 대목이다. 그런데, 이번엔 이 일상적 대목에서 꽤나 생소한 이야기를 접했다. "아, 그 형님은 어떻게 지낸대요?" 하고 단순히 물었을 뿐인데, "음, 그 친구는 섹스를 지나치게 싫어해서 요즘 투숙객들에게 '섹스 금지'라고 벽에 써 붙일 정도가 됐어" 하는 말을 들었다. 다른 일도 아닌 숙박업을 하는 사람으로서는 꽤나 골치 아픈 성향이다. 나도 모르게, '어허, 이거 어쩐다' 하는 심정으로 이야기를 마저 들었다.

때는 바야흐로, 몇 달 전. 문제의 숙박업소 사장은 투숙객들이 몸으로 나눈 사랑의 흔적을 청소하다, 어떤 울분에 차올랐는지 청소를 그만두고 컴퓨터 앞에 앉아 글을 쓰기 시작한다. 그 울분이 어찌나 컸던지, 그는 앉은 자리에서 자그마치 200자 원고지 1만 매에 해당하는 대격노문을 썼는데, 그 와중에 자신의 글 솜씨가 상당하다는 것을 깨달아, 다음 날부터 당장 소설을 쓰기에 돌입, 결국엔 소설가로 데뷔하여 급기야 작년에 이름을 알 만한 문학상까지 수상했다는 것은, 내가 심심해서 지어낸 말이고, 실상은 투숙객이 떠난 방을 청소하다 작가적 상상력이 지나치게 발동했는지 남겨진 사랑의 흔적을 보며 전날의 땀 냄새가 자신의 코끝을 진동함을 느꼈음은 물론이거니와, 동시에 전날 밤 네 개의 벽면을 부딪치며 지어냈던 사랑의 소리가 자신의 달팽이관을 요동치게 하는 것에 그만 몸서리를 쳐, 손에 쥐고 있던 걸레를 당장 바닥에 내팽개치고, 컴퓨터 앞에 앉아서 민박 예약을 받는 홈페이지에 '커플은 받지 않습니다!'라는 장문의 경고문을 쓰기에 이른 것이다.

나도 궁금하여 홈페이지에 방문하여 그 글을 읽어봤는데, 글 속에 어찌나 노기와 흥분이 담겨 있었는지, 대학시절 운동권 선배의 대자보를 본 이후로 그토록 진심어린 분노를 본 적이 없을 정도였다. 그러면서 그 주인장은 자신의 집에서 섹스를 금하게 한 가장 큰 이유로, 방음처리가 잘되지 않는다는 점을 꼽았는데, 나로서는 의아했던 점이 그렇다면 때론 손님들에게 좋을 수도 있지 않느냐는 생각이 들었기 때문이다. 어떤 이는 분명 교성을 싫어할 것이다. 하지만 어떤 이는 교성을 좋아할 수도 있다. 실제로 주인장은 자신의 집에는 작가들이 글을 쓰러 종종 오기 때문에, 고뇌에 젖은 작가들이 몸에서 빚어내는 소리를 들으며 문학적 결과물을 뽑아낼 것을 생각하면 죄송할 따름이라 했는데, 천만의 말씀. 그런 소리를 들으면 오히려 영감이 폭발하는 작가도 있다. 누구라고 말하진 않겠지만, 지구상에 그런 작가가 한 명은 명백하게 존재한다. 에헴.

하지만, '성교 금지' 역시 본인의 철학이라면 철학이고, 가치관이라면 가치관이다. 내가 어쩔 순 없는 노릇이다. 다만, 주인장에게 바라는 것은 모든 작가들이 숭고한 마음으로 자연이 빚어내는 바람 소리와 새 소리만 들으며 글을 쓰는 건 아니라는 걸 알아줬으면 할 뿐이다. 아울러, 독자들도 제주도엔 '커플 출입금지'인 민박집도 있으니, 잘 숙지해두었다가 낭패를 보는 일이 없길 바란다. 교회 수련회라면 추천한다.

그나저나, 이러다간 업소별로 다양한 경고문이 생길지도 모르겠다. 예컨대, '저희 집 커피를 마시고는 밖에서라도 담배를 피우지 말아주세요. 제 커피를 마시고 담배 피우는 생각을 하면, 불쾌해서 참을 수 없습니다'라든지, '저희 수영장에서는 수영을 마치면 샤워를 하지 마십시오, 저희 풀에 담근 몸을 씻는다고 생각하면, 저는 견딜 수 없습니다' 같은 것들 말이다. 물론, 이 역시 주인장의 마음이지만, 내가 생각하기에 관광지 숙박업소의 '성교 금지'는 수영장의 샤워 금지와 크게 다를 바 없는 것 같다.

부부도 트윈 침대에 재운대요. 따로따로. 세상살이 쉽지 않죠. 힘내세요. 여러분.

프로가 될
생각까지는 없지만

　지난주에 커플을 받지 않는 민박집에 대해 소개했는데, 공
교롭게도 같은 주에 이 민박집이 한 온라인지에 소개됐다. 물
론, 꾸준히 외면받고 있는 내 칼럼으로 인해 전국 각지에서
몰려든 성교거부자들로 이 민박집이 인산인해가 될 리는 만
무하다. 하지만, 본의 아니게 온라인지에까지 소개돼 버렸으
니 어쩐지 지원사격을 한 듯한 느낌이 있어 사과를 하지 않
을 도리가 없다(지질하지만, 쓰긴 제가 먼저 쓴 것 같습니다. 제
칼럼은 항상 업로드 일주일 전에 마감을 하거든요). 여하튼, 이 기
회에 지면을 빌려 민박집 주인장에게 마음을 담아 사과드립
니다(역시 전 이럴 때 존댓말을 합니다). 기왕 마이크를 잡은 김

에, 그때 소재를 제공해주며 자연산 돔회를 사주신 모 민박집 사장님과, 제가 장장 8박 9일간 혼자 쓸 수 있도록 제주도의 독채를 제공해주신 '유비유 필름'의 대표께도 감사드립니다(자, 존댓말 끝).

그나저나, 문제의 민박집을 소개한 온라인지는 꽤나 생소한 원고료 시스템을 가지고 있다. 간단히 말해, 필자에게 원고료를 지급하지 않는다. 글 쓰느라 바빠서 이 매체의 기사를 보거나, 이슈에 대해 별 고민해보지 못했는데, 한동안 꽤나 화제가 되었던 모양이다. 얼마 전엔 한 작가가 '최 작가님은 어떻게 생각하세요?' 하며 내게 물었는데, 내 생각은 간단하다. 세상엔 원래 공짜가 존재하는 법이다. 하룻밤 묵는 데 수백만 원씩 하는 호텔이 있는가 하면, 열흘 정도 자면 하루 정도는 공짜로 재워주는 민박집도 있다. 공짜 쿠폰도 있고, '원 플러스 원'도 있다. 마찬가지로, 마트 시식코너에 가면 만두나 떡갈비를 꾸준히 먹을 수도 있다. 게다가 찍어 먹을 수 있는 간장도 제공되며, 종종 옆에 계신 아주머니와 기분 좋은 담소도 나눌수 있다. 확장하자면 정도의 차이가 있긴 하겠지만, 글도 공짜가 있을 수 있다. 반대로 수백만 원짜리 호텔이 존재하고 특급 한우집이 존재하듯, 원고료가 비싼 글도 존재한다. 현실적으

로, 이런 변화를 한 명의 개인이 통제할 수는 없다. 대신 내가 할 수 있는 선택은 한숨을 쉬며 '아, 이거 글 밥 먹으려면 좀 더 잘 쓰는 수밖에 없겠군' 하며 모니터를 노려볼 뿐이다. 돈 받고 쓰는 글이 적어도 공짜로 제공되는 글보다는 나아야, 누군가가 원고료를 줄 테니 더 잘 쓰는 수밖에 없다. 다행히 아직은 원고료와 매체, 소재와 주제까지 골라서 쓰지만, 언제까지 이럴지는 알 수 없다. 딱히 '프로'라는 말을 좋아하지도 않고, 내가 프로도 아니지만, 일단 '프로'라는 단어에서 풍기는 자세는 지향해야 한다. 그러고 보면, 전업 예술가에게는 이런 전문적인 자세가 필요한데, 이때마다 생각나는 사람은 바로 캐나다의 가수 '닐 영'이다.

닐 영은 데뷔를 하고 나서 곧장 유명해졌다. 그런데 이렇게 유명해지면 방송에도 나가고, 여러 가지 행사를 해야 할 텐데, 현명하게 잘 거부해왔다. 스스로도 "방송이나 대형 행사 같은 걸 용케도 잘 피해갔다"고 말했다. 메이저와 언더 사이에서 줄타기를 잘하며, 대형 음반사나 미디어에 휘둘리지 않고 살아왔다고, 자신의 입으로 말한다. 그래서 자기는 이때껏 하고 싶은 걸 해오면서 살았다고 말이다. 펄 잼과 같은 그룹도 닐 영의 이런 면에 영향을 많이 받았다. 물론, 하려고 했던 말은 이게 아니고, 사실 닐 영은 내가 앞서 말한 '전문적인 자세'를 생각할 때마다 떠올리는 일화로 유명하기 때문이다.

예전에 릴 테이프에 마스터링을 하던 시절, 마스터링이 끝난 릴 테이프를 가지고 공항 검색대를 통과하다가 이게 손상돼버린 적이 있었다. 심각한 손상은 아니어서 몰랐는지, 아니면 알면서도 어쩔 수 없었는지, 제작자는 그대로 유통을 했는데, 음질에 상당한 무게를 두었던 닐 영은 이를 견딜 수 없었다. 결국 시중에 유통된 자신의 음반 십만 장을 자기 돈으로 사들였다. LP 십만 장이라면 어느 정도의 높이가 될는지 나로선 상상조차 할 수 없다. 아무튼, 닐 영은 이만큼 앨범을 사들일 정도로 상당한 재력을 소유하고 있었는데, 그런 그라도 이 십만 장의 앨범을 보관할 장소가 없었다. 그래서 그는 고민 끝에 자기 집 헛간 지붕 위에다 앨범을 쌓아버렸다. 기왓장처럼. 닐 영의 집은 헛간 지붕마저 음악적으로 보이게 됐다. 허허. 이 앨범이 1978년에 발매된 〈Comes a Time〉이다.

닐 영에게 슬쩍 묻어가자면, 나도 비슷한 일을 겪은 적이 있다. 표지에 내 사진이 박혀 있어서 그런지(제 아이디어는 아니었습니다. 끄응) 첫 에세이의 판매실적이 상당히 저조했다. 그러자 출판사 사장은 출판한 지 두 달 만에 원고는 그대로 두고, 제목과 표지만 바꿔서 새로 유통하겠다고 결정했다. 그러면 비록 소수의 독자지만, 불과 며칠 전에 내 책을 산 독자들이 신간이 또 나온 걸로 착각하고 산 책을 다시 살 수도 있는 상황이었다. 나는 그럴 수 없다고 강경히 주장했으나, 자금난을 겪고 있던 사장 역시 뜻을 굽히지 않았다. 하여, 결국 내가 미리 받은 인세 중 판매된 금액분을 제외하고 나머지를 돌려주고 책을 절판했다. 닐 영만큼은 아니지만, 800만 원 정도를 물어주고 그만큼의 책을 모두 회수해 분쇄기에 갈아버렸다. 물론, 책 표지에는 내 사진이 있었기에 수천 권의 책 속에 있는 내 얼굴도 갈가리 찢기어졌다. 뭐, 어쩔 수 없는 일이다.

그나저나, 이런 이야기를 하니 친구 시인도 '아, 나도 그런 적이 있다니까' 하며 공감했다. 자신도 몇 백만 원을 주고, 의도치 않게 편집되어 시중에 유통된 자기 책을 모조리 사들여 공터에서 불태워 버렸다고 한다. 프로가 될 생각까지는 없지만, 욕먹지 않을 정도로 살기에도 참 어려운 세상이다.

남의 밥 차를
대하는 자세

타임머신 따위 있을 리 만무하지만, 만약 있다면 하고 싶은 게 하나 있다. 믿을지 모르겠지만, 예전에 저지른 실수들을 되돌리고 싶다. 누구나 살면서 이런저런 죄를 짓겠지만, 꽤 많은 죄를 지은 탓에 친구들 사이에서 '죄민석'으로 불리기도 했다. 지금도 종종 '최작가' 대신, '죄작가'로 불리는데, 종교적 과장을 빌려 쓰자면 '하늘을 두루마리 삼고, 바다를 잉크 삼아도' 죄를 일일이 적기에 모자랄 지경이다. 참회록을 낸다면 시리즈로도 가능하다. 하지만, 세상이 나 같은 인물의 참회록에 관심 가져줄 리 만무하므로 쓰지 않는다. 대신, 오후 햇살 아래 허리를 구부정히 한 채 앉아 '으음' 하며 반성할 뿐이다. 말

231

꺼낸 김에 덧붙이자면, 가장 주워 담고 싶은 것은 예전에 여기 저기 다니며 쏟아냈던 험담들이다(바로 2주 전에, 민박집 주인에 대해 '이러쿵저러쿵' 했었죠. 다시 한 번 죄송합니다).

물론, 여러 번 후회를 했기 때문에 내가 적극적으로 나서서 험담을 시작하진 않는다. 하지만, 누군가가 옆에서 '아, 글쎄, 그 양반 어떠냐니까? 구린 구석이 잔뜩 있어 보이던데…'라며 부추기면, 나도 모르게 '거. 이런 말은 안 하려고 했는데……' 하면서 구체적인 정보까지 곁들이며 소상히 털어놓는다. 어릴 때부터 이런 실수를 꽤나 저질렀기에, 누군가 내 인생에서 험담을 늘어놓는 장면만 편집해놓는다면 꽤 긴 분량의 다큐멘터리를 제작할 수도 있다. 역시 시리즈로도 가능하다. 하지만, 이런 한심한 다큐멘터리는 시청자의 기분마저 한심하게 만들 뿐이므로 제작하지 않는다. 대신, 지나온 시간은 어쩔 수 없으니, 가능한 한 앞으로라도 험담 따위는 하지 말자며 되새길 뿐이다.

약간 동떨어진 인용이긴 하지만, 언젠가 한 소설가의 산문집에서 이런 문장을 읽은 적이 있다. "차밭 주인은 남의 밭 차에 대해 품평하지 않는다." 나는 비록 유치한 글을 잔뜩 쓰는 사람이지만, 나 역시 한 명의 글을 쓰는 사람이다. 그러므로 타인의 글을 읽으면 이런저런 생각이 든다. 하지만, 차밭 주인이 남의 밭 차에 대해 품평하지 않듯이, 나 역시 조용히 독서를 한다. 비단 차밭 주인이나, 소설가뿐 아니라, 요리사도, 재단사도 남의 음식이나, 양복에 대해 이러쿵저러쿵 말을 보태지 않는 게 예의다. 그것은 비평가의 몫이고, 소비자의 몫이고, 어떤 측면에선 호사가의 몫이다. 확장해보면 비단 소설가나 요리사뿐 아니라, 인간이 다른 인간에 대해 이러쿵저러쿵 평가하기 시작하면 그 인생 역시 난처해진다. 그러다 보면, 주변 사람들도 긴장하지 않을 수 없고, 그 주변 사람들도 어느 순간 '이때껏 참아왔는데, 저 인간이야말로…' 하면서 말을 보태기 시작한다. 골치 아프지 않을 수 없다.

물론, 억울한 일을 당하고, 그 일을 겪게 한 사람에 대해 어떤 식으로 말하는가 하는 문제도 골치 아프다(골치 아픈 것투성이네요. 두통엔 ○○). 어차피 오늘은 영감처럼 시작했으니, 이 분위기를 잇자면, 세상사는 생각보다 심플해서 내가 베푼 대로 돌아온다. 내가 험담하는 만큼 나를 향한 험담이 돌아오고, 내가 불평하는 만큼 세상은 불평의 대상으로 인식된다. 마찬가지로, 내가 용서하는 만큼, 나 역시 용서받게 된다. 물론, 내가 용서해준 사람이 나를 한 번 용서해주는 거래 같은 개념은 아니다. 나의 양보를 모르기도 하고, 더욱 오해를 하기도 하고, 더욱 억울한 일을 겪게 하기도 한다. 하지만 내가 이해하고 경험한 세상사의 이치는 꽤나 단순해서, 내게 돌아올 것은 비록 시차가 있을지라도 언젠가는 돌아온다는 것이다. 즉, 내가 지은 죄를 용서받을 기회가 내가 용서한 그 상대방이 아닌 제삼자에게서, 혹은 다른 조건이나 상황 아래서, 그것도 아니라면, 나만 알고 있던 부끄러운 잘못을 신에게서 용서받을 기회라도 생긴다는 것이다(물론, 신의 존재를 믿는지의 여부에 따라 달라지겠지만). 굳이 이런 걸 바라고 사는 건 아니지만, 이런 원칙이 삶이라는 바쁜 여정에 오른 행인에게 건네는 차 한잔 정도는 된다. 여하튼, 차밭 주인은 남의 차에 대해 품평하지 않는다. 같은 의미로, 작가 역시 다른 작가의 작품에 대해 품평하지 않는다. 인간 역시 다른 인간에 대해서 이러쿵저러쿵하지 않는다. 따지고 보면, 소설을 쓰건, 차 농사를 짓건, 그 밭 옆길을 지나가건, 삶은 누구에게나 정직하게 다가온다.

어린이날의
라이벌전

인터뷰를 즐기지는 않지만, 간혹 하게 되면 주로 받는 질문은 두 가지다. 첫 번째는, "이번 작품의 의의는 무엇입니까?" 하는 가장 대답하기 싫은 질문이고(이런 건 작가 입으로 나불대면 의미가 사라진다고요, 알아서 해석해주세요!), 두 번째는 "하루 일과가 어떻게 됩니까?"이다. 왜 이런 질문을 하는지 모르겠지만, 되물으면 항상 돌아오는 대답은 '도대체 하루에 몇 시간을 써야 장편소설을 뚝딱 끝낼 수 있는지?', 혹은 '글을 쓰지 않는 시간에는 어떻게 지내야 매일 작품 속으로 돌아올 수 있는지 궁금하기 때문'이라고 한다. 얼핏 생각할 땐 대충 물은 것 같지만, 알고 보면 꽤나 열성적인 호기심이 담긴 질문이다. 그런데 이런 질문을 받으면 본의 아니게 미안해지는데, 그건 내 대답이 정말 간단하기 때문이다. 일부러 간단하게 말하려고 하는 건 결코 아니고, 정말 생활이 단순하기 때문이다. 가을 이나 겨울에는 오후까지 글을 쓰고 저녁에는 쉰다. 하지만 봄 과 여름에는 반드시 오후 중에 작업을 끝내고 저녁에는 매일 같이 야구를 본다. 여기서 말한 '매일같이'라는 표현이 구체적 으로 얼마만큼이냐면, 일주일에 여섯 번을 말한다. 대외적인 행사나 약속이 없는 한 저녁이면 슬금슬금 집으로 들어가 야 구를 본다. 맥주를 마시며 보기도 하고, 식사를 하며 보기도 하고, 앉아서 보기도 하고, 누워서 보기도 하고, 즐겁게 보기 도 하고(이럴 때는 거의 없지만) 자포자기하며 보기도 한다(이럴 때는 상당히 많다).

여하튼 거의 매일 보는 야구지만, 특별하게 보는 날도 있는 데, 그건 바로 '어린이날'이다. 정신을 차리고 보니 어느 날 어 른이 되어, '어린이날' 따위는 나와는 아무런 상관이 없는 날 이 되어버렸지만, 내가 응원하는 팀이 '어린이날'만큼은 라이 벌전을 벌이니 아무래도 집중하여 보지 않을 수 없다. 그런데 문제는 대부분의 경기가 그러하듯, 이 중요한 '어린이날 더비 (라이벌전)'도 내가 보면 이길 듯 질 듯하다 결국엔 지고 만다는 것이다. 매번 이렇게 지면 한낱 게임일 뿐이지만, 나도 모르게 자아가 투영되어 '아아, 내 인생도 종국에는 저렇게 져버리는 건가' 하는 불안감이 든다. 이런 불안감이 수년째 쌓이다 보면 어느 순간에는 '이것이 인생이구나' 하면서 받아들이다가, 결국에는 모든 걸 회피하고 싶어지는 '자아 부정의 단계'에 이르게 된다. 이쯤 되면 '뭐, 공놀이쯤이야 어찌돼도 상관없잖아' 하며 소중한 일상으로 복귀하게 되는데, 씁쓸한 것이 이미 십여 년간 매일 저녁을 한 팀과 보냈기에 야구 없이 복귀한 일상은 그야말로 텅 빈 공터와 같다. 그러면 나도 모르게 '으음. 져도 상관없어. 나는 그냥 그라운드의 녹색이 좋은 거니까. 심리적 안정이 돼' 하며 터무니없는 주문으로 자아를 기만하여 다시 TV 앞에 앉는다. 말하자면, 이런 다람쥐 쳇바퀴 같은 과정을 수년간 반복하며 한 팀을 응원하고 있는 셈이다.

상황이 이러하니 어른인 나도 이러할진대, '꿈과 희망을 준다'는 명목 아래 라이벌전을 벌이며 어린이를 끌어들이는 건 가혹하다는 생각이 든다. 이기는 팀의 어린이야 승승장구하여, '거봐, 세상은 마음만 먹으면 되는 거라구' 하며 낙천적으로 자랄 테지만, 내가 응원하는 팀의 어린이들은 잔뜩 풀이 죽어 그 뒷모습을 보면 눈물이 왈칵 쏟아질 것 같다. 소파 방정환 선생이 이런 뜻으로 한평생 헌신하여 어린이날을 만든 것은 아닐 텐데. 게다가 잠실 구장에서 파는 통닭은 상대팀의 기업체에서 생산하는 것이니, 그걸 꾸역꾸역 먹으며 경기를 바라보는 심정은 그야말로 처참하다. 승리를 헌납한 데다, 돈까지 갖다 바치는 것이다. 경기가 끝나고 나면 진 팀의 아버지는 아들과 캐치볼을 하며 "괜찮아, 내년에는 이길 거야!" 하지만, 사실 그건 대부분 거짓말이었다. 나는 연이어 지는 걸 무척 많이 봐왔다. 암튼, 그건 그렇고 같은 팀을 응원하는 어린 친구들을 보면 어딘가 독기 같은 걸 잔뜩 품고 있어서, 굉장히 회의적인 얼굴을 하고 있다. '세상은 원래 배반하기 마련이고, 나 하나 열심히 한다고 해서 달라지는 건 없다'는 혹독한 깨달음이 몸에 배어 있는 것 같다. 확장하자면, 소년 시절에 어떤 팀을 응원하는지에 따라 그 사람의 세계관과 가치관까지도 달라질 수 있는 것이다. 물론, 부정적 방향으로.

게다가 내가 응원하는 팀은 말도 많고 탈도 많아서, 어쩔 때는 스트레스를 받아 '이거 일찍 죽는 게 아닌가' 하는 걱정이 들기도 한다. 하지만 어찌된 영문인지, 다른 팀으로 슬쩍 옮겨서 응원하는 건 도리가 아니란 생각이 든다. '차라리 야구를 안 보고 말지, 그런 짓은 못 하겠다'라는 생각까지 든다.

같은 팀을 응원하는 사람들에게 물어봐도 '이 세계를 떠나도, 그런 비겁한 짓은 할 수 없습니다'라며 주먹을 불끈 쥔다. 물론, 이런 대화를 나눈 날도 진다.

여하튼, 나는 십여 년 전쯤에 가을의 야구장에서만 입을 수 있다는 응원 점퍼를 한 벌 샀다. 그런데 입기를 기다리는 동안 점퍼가 낡아져서 아쉽게도 버렸다. 그러다 작년 정말 기적에 가깝게 가을에도 야구를 하기에, 올해 초에 개막하자마자 당장 다시 한 벌을 샀는데, 이번 시즌에도 여전히 꼴찌 중이다.

여하튼 이 글을 쓰고 있는 지금은 어린이날, 이때껏 말한 어린이날 더비 시합 중이다.

자, 4회 초 스코어는 0대 3. 물론, 지고 있습니다. 선수 여러분 분발해주세요.

저는 열심히 글을 쓸게요.

챗 베이커를
듣는 밤

간혹 밤에 스탠드를 켜놓고 〈You Can't Go Home Again〉
을 즐겨 듣는데, 시원한 밤바람이 들어오는 5월, 창을 열고 들
으면 정말 좋다. 특히 좋은 건 트럼펫을 연주하다 숨이 차서
챗 베이커가 숨을 들이쉬는, 즉 들숨의 소리인데, 듣다 보면
'그래, 결국 사람이 하는 거였군' 하는 생각이 든다. 들숨과 날
숨으로 양분해서 생각하면, 우리가 들을 수 있는 트럼펫 연주
는 결국 전적으로 날숨에 의존해 있는데 어쩐지 들숨 소리를
듣지 않으면 '아니, 어떻게 이런 소리가 나는 거야'라고 의문을
품게 된다. 마치 한 권의 장편소설을 다 읽고 난 후에 책 어디
에도 '작가의 말' 같은 게 없어서, 작가가 어떤 마음으로 책을

써냈는지 전혀 알 수 없는 것과 같다. 개인적으론, 책에 '작가의 말'이 없는 걸 더 좋아하지만, 온전히 호흡에 의존해 소리를 내는 트럼펫 연주 앨범에는 숨소리가 들어가는 걸 좋아한다. '아, 이 사람도 이렇게 벅차게 연주하는구나' 하는 게 느껴진다. 다른 식으로 말하면, '다들 이렇게 먹고 사는군' 하고 느껴진다.

쳇 베이커는 알려진 대로, 굉장한 알코올 중독자인 데다가 약물 중독자이기도 한데, 그의 연주를 듣다 보면 '이거, 몸이 너무 상해서 이렇게 헉헉대는 건가' 싶기도 하다가, '아니, 약 기운에 취해서 이런 연주가 가능했던 건가' 하는 생각에 혼란스러워진다. 나는 한 예술가의 성과물에 심취했다 해서 그 인물의 연대기와 생활상에 대해 마구 파헤치는 스타일은 아니다. 따라서 과연 어떠한 상태로 〈You Can't Go Home Again〉을 녹음했는지 모른다. 다만, 들을 때마다 미묘하게 설명할 수 없는 '어떤 부분'에 의해 그의 연주에서는 그만의 독특한 맛이 우러난다는 것만 알 뿐이다.

음악에는 이처럼 매우 작은 한 부분에 의해 전체의 색깔이 달라지는 경우가 많은데, 가령 원테이크로 녹음한 밴드 음악

중에는 멤버들이 발산하는 에너지가 멋진 화학작용을 일으켜 도저히 가만히 앉아서 들을 수 없는 음악이 있는가 하면, '뭐야, 이건 차라리 파트별로 따로 녹음을 해서 그냥 붙이는 게 나을 뻔했잖아' 하는 것도 있다. 물론, 멤버들은 녹음을 하기 전에는 모른다. 당연히 모두가 비틀즈처럼 한 번에 녹음하면서 라이브의 묘미를 살리고 싶었을 것이다. 그것은 직접 해봐야만 알 수 있는 것이다.

내가 하고픈 말은, 소설 역시 마찬가지라는 것이다. 구상 단계에서는 혼자서 '이거야! 이거!'를 몇 백 번 외치며 들떠서, 노트북을 헐레벌떡 펼치고 무언가에 취한 듯 문자를 마구 쏟아내도, 막상 퇴고할 때 보면 '뭐야, 고작 이따위에 내가 흥분했단 말이야' 하는 것도 있다.

반대로 '으음. 이건 그냥 계약을 지키기 위해 쓰는 거야' 하며 어쩔 수 없이 써낸 원고였는데, 퇴고할 때 보면 스스로도 깜짝 놀라서 '어억! 이건…' 하며 말문이 막혀버릴 때도 있다. 물론, 내 경우에 이런 일은 거의 없지만, 요컨대 막상 해보지 않고선 어떤 것이 물건인지 아닌지 알 수 없다는 말이다.

문제는 이런 경험을 반복하다 보면, 어떻게 쓰는 게 좋은 건지 스스로도 헷갈려버린다는 점이다. 앞으로 써야 할 방향에

대해 감조차 잡을 수 없다. 혼자서 발을 땅바닥에 쿵쿵 굴리며 '어쩌란 말이야!'라고 외칠 뿐이다. 이야기가 쳇 베이커에서 여기까지 흘러오긴 했지만, 어떠한 잡생각에도 나름의 교훈은 있는 법. 오늘의 교훈은 '인생은 역시 겪어봐야 알 수 있다'는 것이다. 계획이나 준비가 전혀 필요 없다는 뜻은 아니지만, 냉정히 말해 그것은 그것일 뿐이다. 3분짜리 노래 한 곡의 녹음과 A4 열 장짜리의 소설도 막상 해보지 않고서는 결과를 알 수 없다. 좀 뜬금없는 말이지만, 맛집도 내 입으로 먹지 않고서는 맛을 믿을 수 없다(서울엔 이런 집이 많아요).

여하튼, 가능한 한 모든 일에 성심성의껏 임하지만, 그것과 별개로 어떤 일들은 마치 유리잔처럼 단번에 깨져버린다. 그걸 인정하지 않으면, (이런 말을 하는 건 좀 멋쩍지만) 인생은 피곤해지고, 날숨은 대부분 한숨이 된다. 쳇 베이커의 날숨처럼 멋진 연주까진 아니지만, '에휴' 하며 한숨만 내쉬지 않으려면, 몰입하는 만큼 벗어날 줄도 알아야 하는 것이다. 나는 이때껏 그러지 못해서 '에휴우 ⋯⋯⋯⋯⋯⋯⋯⋯⋯⋯⋯⋯ (아직도 한숨 중) ⋯⋯⋯⋯ 우'

*

독자 여러분, 저를 반면교사 삼아서 사시면 (이런 표현은

쑥스럽지만) 인생이 풍요로워질 것입니다. 무슨, 보험 광고 같
네요.

지난 회에 이어 이번에도 재즈 뮤지션 이야기.

키스 자렛이라는 피아니스트가 있는데, 라이브 공연을 보면 상당히 흥미로운 인물이다. 젊은 시절에 한정된 이야기이긴 하지만, 상당한 곱슬머리인 데다가 길이까지 짧아서 흡사 야쿠자 파마를 한 것처럼 보인다. 게다가, 80년대 특유의 잠자리테 안경을 끼고 있는 데다, 콧수염까지 길러서 어떻게 보면 석유를 팔러 온 쿠웨이트 상인처럼 보인다. 이건 단지 일견 드러나는 이미지일 뿐이고, 실상 흥미로운 것은 공연을 할 때 보여주는 그의 퍼포먼스다.

대개 재즈 밴드가 그렇듯, 자신의 이름을 따서 '트리오'니 '콰르텟'이니 하는 식으로 굉장히 심플하면서도 고풍스러운 인상을 풍기는 작명을 하는데, 키스 자렛의 밴드 역시 '키스 자렛 트리오'다. 간단히 말해, 이름은 상당히 보수적이면서도 안정적이다. 하지만, 키스 자렛의 연주를 보고 있으면, 이 생각이 싹 달아난다. 사운드가 그렇다는 것이 아니라, 퍼포먼스가 그렇다. 일단, 키스 자렛은 피아니스트이면서 앉아서 연주를 하는 법이 없다. 그렇다면, 록밴드의 키보디스트처럼 신나게 서서 연주를 하느냐 하면, 그것도 아니다. 실로 어정쩡한 자세로 앉은 것도 선 것도 아닌, 그야말로 엉거주춤하게 일어나 연주를 한다. 손가락만 건반 위에 붙어 있을 뿐이지, 어중간하게 일어선 상체는 의자 쪽으로 내려오다가 피아노 건반 쪽으로 기울다가, 어쩔 때는 공연장의 조명 쪽을 향해 올라간다. 그야말로, 역동적이다.

　　물론, 연주 자세는 개인의 자유다. 그걸 가지고 뭐라고 할 이는 없다. 게다가 자세만 가지고 독특하다고 하기에도 혹독한 면이 있다. 키스 자렛이 정말 흥미로운 이유는, 그가 연주를 할 때면 입으로 '삐리리리 삐리리리 삐삐삐삐' 하며 소리를 지른다는 것이다. 나는 분명 '소리를 지른다'고 썼다. 이 말은 그가 표출하는 사운드는 노래가 아니라는 뜻이다. 재즈라는 음악은 어떻게 들으면 신나기도 하지만, 어떻게 들으면 정적이기도 하다. 그건 청자마다 다르다. 같은 맥락으로, 재즈라는 음악은 어떻게 연주하면 신나기도 하지만, 어떻게 연주하면 정적이기도 하다. 이것 역시 연주자마다 다르다. 하지만, 키스 자렛에게 재즈란 대부분(항상은 아니겠죠) 신나거나, 흥분이 되거나, 열정적으로 몰입할 수밖에 없는 대상인 것 같다. 간혹, '삐리리리 삐리리리 삐삐삐삐'라는 소리 대신, '아— 아!', '오— 오!', '으으으— 으!' 같은 탄성도 질러내는데, (듣는 이에 따라 다를 순 있겠지만) 성행위 중에 내뱉는 신음 같다.

트리오니까 당연히 세 명이서 연주를 하는데 키스 자렛이 신음과 같은 탄성을 '흐으— 흐으— 허어' 질러대면, 베이시스트 개리 피콕은 눈을 감고 리듬에 몰입해 연주하는데 그때마다 땀에 흠뻑 젖어 있기에 오묘한 성적 분위기를 풍긴다. 이렇게 한 곡의 연주가 끝나면, 마치 아무 일이 없었다는 듯이 키스 자렛은 피아노 의자에 태연하게 앉아서 서정적으로 다음 곡 연주를 시작한다. 뭔가, 확실히 하나를 끝낸 느낌이다. 그리고 십 초 정도가 지나면 금세 다시 사운드가 고조되고, 어느새 피아노 의자에서 엉덩이가 떨어져 또 엉거주춤한 자세로 몸을 비틀면서, '어허—', '아흐—' 하다가, 결국 '띠리리리 띠리리리 띠띠띠띠' 하며 입과 손가락으로 동시에 연주를 해낸다. 마치 샤라포바가 라켓을 휘두를 때마다 '흐업' '흐업' 신음을 내지르는 것처럼.

이것은 일종의 제식과도 같은 것인데, 이를테면 투수에겐 투구 준비자세가 있고, 타자에게는 타격 준비자세가 있는 것과 같다. 나 역시 글을 쓰기 전에는 항상 소변을 보고, 손을 씻고, 티슈에 물을 묻혀 책상을 닦고, 노트북의 키보드와 마우스와 마우스 패드를 꼼꼼히 닦는다. 글을 쓰기 전에 매일, 반드시 이렇게 한다. 그리고 약 십 초 정도 눈을 감고 명상을 한다. 그다음에 '자! 그럼' 하며 허공에 손가락을 재빨리 움직이며 준비 운동을 한다. 그러고 나서야 가까스로 그날의 원고를 쓰게 되는 것이다. 이 순서를 지키지 않은 날에는, 어쩐지 글이 전혀 써지지 않는다. 즉, 간단하다면 간단하고 복잡하다면 복잡한 이 일련의 행동을 통해서, 일상을 살아가며 번잡해진 두뇌를 청소하고, 오로지 모니터와 키보드, 그리고 이야기가 기다리는 세계로 나를 진입시키는 것이다. 잘은 모르겠지만, 나는 키스 자렛 역시 그렇다고 생각한다. 엉거주춤하게 춤을 추고, '띠리리리 띠리리리 띠띠띠띠'라는 소리를 내고, 마치

성교 중에 내는 신음 같은 소리를 공연장에 토해내지 않고서
는 그의 음악이 시작될 수도 완성될 수도 없는 것이다.

그건 그렇고, 박한이 선수의 타격 준비동작은 너무 길지 않
나요? 그리고 왜 자꾸 헬멧을 벗어서 킁킁거리며 냄새를 맡을
까요. 자기 자신도 곤혹스럽지 않을까요. 이제 와 바꿀 수도
없고 말이죠.

제임스 조이스와
기네스

얼마 전에 아일랜드에 다녀왔는데, 애초의 목적은 문학 기행이었다. 매주 시시껄렁한 농담을 쏟아내고 있지만, 그래도 내 직업은 소설가 아닌가(가끔은 나도 맞나 싶지만). 어쨌든, 아일랜드는 인구가 고작 450만밖에 되지 않지만, 제임스 조이스, 예이츠, 조지 버나드 쇼, 사무엘 베케트 등의 대문호가 즐비한 나라다. 참으로 신기한 나라다. 우리는 인구가 5천만이나 되지만, 이 정도라 할 대문호는 한 명도 없다. 이 역시 참으로 신기한 나라다. 이건 뭐, 내 생각이고.

나는 그래서 아일랜드의 수도인 더블린에 가서 작가 박물관(정확히는 Writers Museum)을 방문했는데, 내가 알고 있는 것 외로 훨씬 많은 위대한 작가들이 있었다. 그중에서도 나는 제임스 조이스에 관심을 가지고 있었는데, 그 이유는 그가 여기저기 떠돌아다니며 글을 썼기 때문이다. 특히, 그는 더블린을 떠나 파리에 정착하여 한동안 파리의 시끄러운 카페 등지에서 철새처럼 다니며 글을 썼기에, 나 역시 사정은 비슷한지라 혼자서 동질감을 맘대로 느껴버렸다(물론, 문학적 수준은 천지차이입니다. 비난은 조금만 해주세요). 하여 나는 제임스 조이스에 대해 좀 더 알고 싶어서 '제임스 조이스 박물관'에 방문했다. '작가 박물관'에서 얼마 떨어지지 않은 그곳은 아담한 2층 건물로서, 1층에는 안내 데스크와 기념품 판매대, 작가의 작품을 전시한 공간, 그리고 2층에는 그가 사용했던 침대와 책상, 옷가지, 공책 등이 전시돼 있었고, 몇몇의 연보와 음성지원 장치 등이 있었다. 세밀하다면 세밀하겠지만, 대문호의 박물관이라 하기에는 초라하다는 느낌이 들었다. 그 정도로 공간이 소박했다. 나는 약간 허전한 느낌이 들어, 생전에 작가가 산 적이 있다는 집을 방문하기로 했는데, 위치를 아는 사람도 별로 없거니와 안내도 잘되어 있지 않아서 길을 묻고 묻고, 헤매고 헤매서 겨우 찾아냈다.

그런데, 막상 도착하니 문은 굳게 닫힌 데다 자물쇠까지 채

워져 있었다. 닫힌 창 안으로 보인 집 안에는 거의 버려지다시
피 방치된 액자와 서류 위로 먼지가 수북이 쌓여 있었다. 아,
이게 대문호가 즐비한 나라, 아일랜드의 맨얼굴인가 싶기도
했고, 아니, 이렇게 자유분방하게 유지하는 게 이 나라의 스타
일인가 싶기도 했고, 제임스 조이스만 노벨상을 못 받아서 거
친 섬나라 사람들이 무시하는 건가 하는 생각도 들었다.

　그러다 너무 많이 걸어서 목이 마르고, 지치기도 하여 근처
에 있는 '기네스 스토어 하우스'라는 일종의 '기네스 저장고'
에 가보았는데, 맙소사. 그곳의 위용과 세심한 설계와 풍부한
해설과 방문객의 숫자는 '작가 박물관'과 '제임스 조이스 박
물관'과 '제임스 조이스 생가'의 모든 것을 합해도 압도할 정
도였다. 굳게 잠긴 제임스 조이스의 생가에 비해, 기네스 공장
에서 직영하는 이 기네스 저장고는 생기가 넘쳤으며, 기네스
맥주를 제조한 아서 기네스 경에 대한 전기와 연보는 생생히
기록돼 있었으며, 관광객들은 앞 다투어 그곳에서 기념사진을
찍고 있었다. 게다가 기네스 맥주를 수송했던 열차, 기네스 맥
주를 생산하는 데 쓰이는 보리, 과거부터 현재까지의 기네스
병맥주 변천사, 아울러 50년대부터 현재까지의 기네스 TV 광
고까지 어느 하나 빠뜨리지 않고, 세심하고 풍부하게 전시되

어 있었다. 심지어 '아서 기네스의 날Arthur's Day'도 있다. '과연 기네스의 나라구나', 하고 나는 새삼 감탄했다.

그러고 보니, 나 역시 제임스 조이스의 소설이나, 예이츠의 시나, 조지 버나드 쇼의 희곡보다 압도적인 횟수나 분량으로 기네스를 즐겨왔다. 정말이다. 땅을 파서 웅덩이를 만들고, 그간 마신 기네스를 토해낸다면 수영장을 만들 수 있을 정도다. 작가인 나조차 이 정도이니, 다른 사람들에게는 당연히 제임스 조이스나 예이츠보다는 아서 기네스가 실생활에 훨씬 유용한 혜택을 제공한 위인인 것이다. 게다가, 이러한 생각은 아일랜드인들뿐 아니라 전 세계인들에게 적용되는 것 같았다. 저장고에서 들려오는 언어는 영어는 물론이거니와, 프랑스어, 스페인어, 중국어, 일본어, 포르투갈어 등, 그야말로 전 세계의 언어가 뒤섞여 마치 성경 속의 바벨탑이 막 기울어졌을 때의 분위기가 이랬구나 하고 연상할 수 있을 정도였다.

나는 '문학의 위기'니 '책의 종말'이니 하는 엄살을 피우려 하는 게 아니다. 물론, 그것이 현실이긴 하지만, 그런 엄살을 피울 시간에 차라리 좀 더 재미있고, 위대한 작품을 구상하는 게 낫다고 생각한다. 내가 하고픈 말은 하나의 맥주라도 장인정신으로 누구도 따라올 수 없는 맛을 이뤄낸다면, 그것이 바로 예술정신이고, 그 결과물이 바로 예술품이고, 그 생산자가 바로 예술가라는 것이다. 기네스 스토어 하우스에 모인 전 세계인들과, 그곳에서 갓 따라낸 기네스 맥주를 감격하며 마시는 이들의 표정이 이 점을 입증하고 있었다. 나 역시 감탄하며 마셨다. 꿀떡꿀떡.

물론, 한편으론 생각했다.

'기네스 맥주를 만든다는 자세로 소설을 써야겠어…………………… 으음…… 어렵겠군.'

이 좌절감에 기네스를 더욱 마셨다.

제목

짓기

무명에 가까운 변방 소설가인 나에게도, 나름대로 유명한 것이 있다. 그것은 바로 '작명 센스'다. 사람 이름에 대한 작명 센스는 아니고, 당연히 소설 제목에 대한 작명 센스다. 판매도 잘 안 되고, 좋은 평판도 못 받지만, '제목만큼은 감동적으로 짓는다'면 좋겠지만, 나는 '제목마저도 못 짓는 것'으로 유명하다.

지금은 서점에서 자취를 감추어버린, 그래서 한 권이라도 비치돼 있으면 감사할 지경인 내 첫 장편소설 제목은《능력자》다. 하지만, 애초의 제목은 '너절한 자아'였다. 나는 혹독한 비판을 받았는데, 이유는 부제마저 별로였기 때문이다. 이제야 공개하는 부제는 '느는 건 자학 뿐'이었다. 이 이야기를 듣는 사람들마다 "어, 큰일 날 뻔했어. 너절한 자아라니, 생각만 해도 기분이 너덜너덜해지잖아"라는 유의 말을 해줬다. 조언이라면 조언이지만, 나는 이때마다 '아아, 이 시대는 진정 B급 예술을 인정해주지 않는단 말인가' 하며 탄식했다.

　나답지 않게 도시 감성을 바탕으로 한 서정적 연애소설을 쓴 적도 있는데, 그 책의 제목은 《쿨한 여자》이다. 20년 전에 유행이 끝나 현재는 사어死語처럼 받아들여지는 '쿨한'이란 단어와, '여자'라는 전근대적인 언어의 조합을 보고 이미 눈치 챘겠지만, 이 제목은 내가 지었다. 나는 출판사와 지인들의 만류에도 불구하고 "남들이 기피하는 단어를 쓰면, 오히려 더 새롭고, 쉽게 각인될지 모른단 말이야"라며 고집했는데, 결국 쉽게 각인되기만 했다. 물론, 소설의 성공은 판매와는 별개다. 굳이 언급하자면, 독자의 마음속에 어떻게 자리하느냐 하는 게 궁극적인 목표다. 하지만, 판매만 놓고 본다면, 보기 좋게 망했다. 그래도 나는 '쉽게 각인이라도 된 걸 다행'으로 생각하는데, 그건 내 첫 에세이의 제목이 바로 《청춘, 방황, 좌절, 그리고 눈물의 대서사시》이기 때문이다. 아직도 아버지는 이 제목을 외우지 못한다. 독자와의 만남에 찾아온 애독자도

"저어. 저어기. 그러니까, 청춘, 방황, 거… 그리고…" 하며 헷갈려했다. 제목 탓인지 모르겠으나, 판매는 역시 형편없었다.

결국 나는 다시는 제목을 길게 짓지 않겠노라고 맹세했는데, 공교롭게도 최근에 출간한 책 제목은 《시티투어버스를 탈취하라》다. 아니, 어째서 결심을 하자마자 이렇게 긴 제목으로 책을 냈느냐 싶겠지만, 사실 이 소설은 이미 4년 전에 완성된 것이고 출판만 이제 됐을 뿐이다. 하지만, 결심한 바도 있고 하여, '시티투어'나 '버스 탈취'처럼 조금이라도 짧게 바꿔보려 했으나 전자는 관광 안내서 같고, 후자는 차량용 탈취제 같아서 포기해버렸다. 물론, 이번에도 아버지는 헷갈리어 "그래. 시티 버스는 반응이 좀 어떠니?" 하며 물어본다. 굳이 답하자면, 이번 소설은 이전과는 전혀 달리 가히 혁명적이라 할 정도로 더욱 깊은 외면을 받고 있다(하, 이젠 익숙하네요).

이리하여 나는 과연 어떤 제목이 좋은 것인가 고민하기에 이르렀는데, 별안간 한 시대를 풍미했던 홍콩 영화의 제목들이 마구 떠올랐다. 〈영웅본색〉, 〈첩혈쌍웅〉, 〈지존무상〉.
80년대 후반과 90년대 초반에 폭발적인 사랑을 받았던 이 주옥같은 영화들은, 영화만큼이나 그 제목들도 사랑을 듬뿍

받았다. 그 때문인지 이 제목들에 등장했던 네 단어, 즉 '영웅', '본색', '첩혈', '지존'은 향후 마魔의 네 단어가 됐는데, 이후 십 년간 웬만한 홍콩영화의 개봉작 제목에는 이 네 단어가 빠지지 않고 등장했다. 예컨대, 이런 식이다.

'영웅'무언, '영웅'투혼, 구룡'본색', 황가'지존'.

더한 것은 이 네 단어의 조합만으로 만들어진 제목도 있다는 사실이다(물론 이 제목들은 한국의 수입사들이 붙인 것들이다). 예전에도 '으악' 할 정도였지만, 지금 봐도 당혹스럽기는 마찬가지. 몇 가지만 소개하자면, 그 이름도 뻔뻔하게 '첩혈본색', '지존본색', '첩혈지존'이다. 상황이 이렇다 보니, 나도 모르게 당시 영화사 풍경이 저절로 머릿속에 떠오른다.

—사장님, 이번 영화 제목 어떻게 할까요? 원제는 〈Grand land Odyssey〉인데요?
—음, 일단 유덕화가 나오니까… 보자, 덕화 나온 거 중에 제일 잘된 게 뭐냐?
—〈지존무상〉이요.
—그래! 일단 '지존' 하나 넣고, 으음… (출연진 명단을 보다가) 어, 주윤발이 없네. 홍콩영화데 주윤발이 빠지면 안 되지. 예의 차원에서라도 윤발이 형 대표작 제목 하나 넣자.

— 그럼 '영웅지존'으로요?

— 야 이 자식아! 너무 촌스럽잖아. 이 자식 작명 센스가 없어.

당황하는 직원에게, 사장은 뽐내며 말한다.

— '지존본색'으로 해야지. 격이 있잖아.

대충, 이런 분위기이지 않았을까. 당시 홍콩영화 광이었던 나는 제목에 속아서 이런 영화들을 상당히 많이 봤다. 당시에는 '으.으.으' 하며 분통을 터트렸지만, 최근에 어떤 독자가 나와 이름이 같은 '백민석' 작가의 책을 읽으려다, 그만 헷갈려서 내 책을 봐버렸다는 말에 몹시 미안해졌다. 마찬가지로 CCM 그룹인 '시와 그림'의 음악을 다운 받으려다가, 그만 내가 활동하는 밴드 '시와 바람'의 음원을 받아 경악했다는 사람도 있다. 거, 참. 죄송합니다.

마이

버킷 리스트

예전에 〈버킷 리스트〉라는 영화를 봤는데, '이렇게 뻔한 내용을 가지고 영화를 만들면 어쩌자는 거야!'라고 느꼈다. 죽음을 목전에 둔 인간이라면 당연히 미뤄왔던 일을 잔뜩 하고 싶어진다. 그러다 보면 생에서 흘려보냈던 소소한 일들과 무가치하게 여겼던 것들의 가치를 재발견하게 된다. '에이, 설마 이런 내용은 아니겠지'라고 여겼는데, 정말 그런 내용이었다. 그런데 맥이 좀 풀리긴 했지만, 시간이 지나고 나니까 '그래. 어떤 건 너무 당연하고 식상하지만, 그 틀을 벗어나지 않는 게 되레 좋은 법이군' 하고 느끼게 됐다. 동화되어 버린 것이다. 그러다 결국 내 손으로 버킷 리스트를 쓰는 지경에까지 이르렀다. 자, 그럼 이렇게 묻어가며, 이번 편 시작.

하나. 아무도 읽지 않을 (혹은 읽지 못할) 굉장히 두꺼운, 그러나 최고의 소설을 쓰고 싶다.

사실 버킷 리스트의 첫 번째 항목은 부연설명이 필요 없다. 말 그대로 저 한 문장 안에 모든 것이 함축돼 있다. 그러나 요설을 좀 더 붙이자면, 나는 이미 아무도(라고 할 순 없지만, 거의 그 수준에 달할 만큼) 읽지 않는 소설을 펴낸 적이 있다. 몇 번이나 있다. 그중에 한두 권쯤은 정말 나조차도 신기할 정도로 (거의) 아무도 읽지 않았다. 그러나 이 소설들은 애초에 읽히길 바라며 쓴 것이다. 나는 이와는 차원이 다른 애초부터 전혀 누군가의 독서를 고려하지 않은, 온전히 나만을 위한, 철저히 나의 취향과 철학과 방식에만 의존한 소설을 써보고 싶다. 말하자면, 굉장히 두꺼우며, 잡는 순간 한쪽 어깨가 빠질 정도로 무거우며, 펼치는 순간 뇌가 마비될 정도로 활자가 난무하며, 오래도록 읽어도 언제 끝날지 알 수 없는, 그래서 한평생 '이 책 한 권만 읽다 보니 인생이 지나갔다'는 과장이 가능할 법한 소설을 쓰고 싶은 것이다. 적어도 200자 원고지 3천 매가 될 것이며, 쓰다 보면 5천 매가 될 수도 있다. 그러나 한 번 읽기 시작하면 오묘한 매력에 젖어 책장을 덮어도 영혼은 그 서사에서 헤어나지 못하며, 결국은 이야기에 중독된 환자처럼 책을 향해 달려오게 되는 그런 소설을 쓰고 싶다. 두꺼우면서 들기까지 불편해서 휴대는 꿈조차 꿀 수 없으며, 오로지 정자세로 자리를 잡고 집중을 해야만 독서가 가능한 데다 분량까지 눈치 없이 방대하여 일각에서는 '이 책을 읽기 위해 일생을 바쳤다'는 허무맹랑한 다짐까지 해대는, 즉 어느 누구도 일독을 섣불리 시도조차 할 수 없는 그런 책을 내고 싶은 것이다. 그리하여 막상 읽은 이들의 기억 속에는 최고의 소설로 꼽히지만, 책장을 펼치지도 못한 대부분의 세인들에게는 철저한 비주류의 도서로 분류되길 원한다. 물론, 탐독가나 장서가들 사이에선 '나름 괜찮다'는 소문이 돌 것이며, 비록 읽지는 않지만 집에 한 권쯤은 장식용으로 사놓고서, '으음, 언젠가는 읽고 말 테야' 하며 끊임없이 죄책감과 부채의식을 선사하는 관상용 도서로 남길 바란다. 이를테면, 《오디세이》처럼 (미안해요, 제임스 조이스).

둘. 세계 일주를 할 것이다.

사실 이 항목은 첫 번째보다 상당히 실현가능성이 높은 것인데, 실은 학생 때부터 나름의 준비를 해왔기 때문이다. 이를 위해 나는 그간 10개 국어를 섭렵하고, 세계 주요 도시의 골목 구석구석까지 길을 알아두었으며, 사막과 바다를 건널 수 있는 체력과 인내심을 길렀다는 건 허풍이고, 십 년 넘게 마인드 컨트롤을 해왔다. '그래, 꼭 갈 거야' 하고.

별것 아닌 것 같지만, 이 마인드 컨트롤이란 상당히 중요한 것으로, 사람이 마음만 잘 먹으면 숟가락을 구부릴 수도 있고, 바늘 침대에 누워 연속극을 볼 수도 있으며, 나처럼 뻔뻔하게 아무런 글이나 마구 발표하며 살 수도 있는 것이다. 실제로 이 '결심의 힘'이라는 것은 대단하다. 나는 학생 때부터 두 항공사의 마일리지를 착실히 쌓아 1년간 세계 일주를 할 수 있는 보너스 항공권을 확보했다(물론, 방문 횟수 제한 같은 규칙은 있다). 따라서 별일이 없는 한 나는 몇 년 안에 세계 일주를 할 것이며, (학생 때부터 희망해온 나의 소망, 즉) 굶주린 채 카슈미르 지방을 떠돌 것이며, 토스카나에 포도나무 한 그루를 심을 것이다. 도보 여행이 될 수도 있고, 오토바이 여행이 될 수도 있고, 당연히 항공 여행이 될 수도 있다. 몇 년 사이에 죽지만 않으면 된다.

셋. 근사한 집을 지을 것이다.■ 그러나 떠돌이로 살 것이다.

■　〈빌려 쓰는 삶〉에서 "돈이 썩어문드러질 정도로 남아돌면 (스트레스 받지 않기 위해) 집을 짓거나,
　　살지도 모른다"고 했는데, 네, 그 경우예요.

언젠가 나의 집은 타자 치는 소리가 탈곡기 소리만큼 생산적으로 들리는 곳이길 원한다. 그곳에는 햇빛이 가장 귀한 손님이 될 것이고, 인적人跡보다 바람의 방문이 더욱 빈번할 것이며, 사람의 소리보다 음악의 소리가 더욱 울릴 것이다. 읽지 않은 책, 읽고 난 후에 다시 펼쳐보지 않은 책은 모두 버릴 것이다. 그리하여 최소한의 서재만 유지하며 살 것이다. 서재는 작고, 부엌은 크게. 가구는 적고, 빈 공간은 넓게. 그리하여 아무 바닥에나 누워서 아무렇게나 자고, 충분히 자고 난 후에는 알 수 없는 영감에 취해 아무 곳에서나 글을 쓸 수 있는 ― 즉, 앉아서 글을 쓸 책상과 서서 글을 쓸 책상이 곳곳에 비치된 ― 집으로 개조하길 원한다(물론, 이것은 상당히 현실 가능성이 낮은 항목이다). 집을 새로 짓지는 않을 것이며, 폐가처럼 낡은 집을 사서 그 원형을 최대한 보존하며 고칠 것이다. 그러나 집이 있다 하여 그 집에만 머무르진 않을 것이다. 나는 집이 있는 떠돌이로 살다가 이 땅을 떠나고 싶다.

이번 글은 이렇게 끝.

클리셰에
관하여

영화나 드라마를 볼 때마다 궁금한 게 있는데, 왜 꼭 중요한 대화는 '한강변이나 부산 앞바다에 서서 하느냐'는 것이다. 이것도 일종의 규칙 같은 게 있는데 일단 한강변에서 만나는 경우는, 밤과 낮으로 나뉜다. 밤에 만날 때는 반드시 차를 타고 등장한다. 한두 명쯤은 걸어올 법도 한데, 그런 일은 절대 없다. 게다가 차의 헤드라이트는 언제나 강변을 은은히 비추고 있다. 물론, 대화를 하는 두 사람은 조명 따위엔 신경을 쓰지 않는다. 둘은 결코 얼굴을 마주 보지 않으며 말을 한다. 서로 밤의 강을 바라보며, 짧은 말만 툭툭 던지다가 한 명이 이야기를 끝내면 쓰윽 가버린다.

낮의 경우는 상당히 가족적인데, 보통 주인공이 고수부지의 계단에 앉아 있다. 이 인물은 대개 실의에 빠져 있으며, 삶이 곧장 끝나버릴 것 같은 표정을 짓고 있다. 누가 옆에 가서 손이라도 잡아주면, '아앙' 하고 울어버릴 것 같다. 안구에 눈물이 그렁그렁 차오른 채, 자신의 감정만큼 축축한 강물을 바라보고 있다. 이렇게 앉아 있으면 어떻게 알았는지 주인공의 조력자가 나타난다(물론, 드라마나 영화는 이 점에 대해 전혀 해명하지 않는다). 이들은 '선문답' 같은 말을 건네는데, 그러면 무슨 영문인지 주인공은 별안간 위로를 받고, 생을 다시 살아갈 힘을 낸다. 조력자는 꼬마일 수도 있고, 아저씨일 수도 있고, 선생님일 수도 있다. 절대, 친구나 동성은 조력자가 되지 않는다.

스크린으로 시선을 옮기면, '부산 앞바다'에서 대화를 나누며 서 있는 남자 두 명을 매우 쉽게 발견할 수 있다. 이들은 대개 양복을 입고 있으며, 선글라스를 끼고 있기도 하고 그러지 않기도 하다. 하지만, 담배는 반드시 피우고 있다. 역시 서로 귀찮다는 듯이 대화는 상당히 짧게 나누지만, 그만큼 함축적이다. 그리고 무슨 까닭인지 이 장면을 기점으로, 둘 중 한 명은 영화의 클라이맥스를 실현할 중대한 결심을 한다. 대부분 이 장면 이후, 한 명이 다른 한 명을 배신한다. 영화에서 이 신scene은 낮에 촬영되는데, 역시 둘은 바다를 묵묵히 바라볼 뿐, 딱히 바다에 관한 이야기를 나누거나, 바다에 이익이 걸려 있거나, 바다를 연구하는 사람은 아니다. 그저 드라마 속 인물들 앞에는 한강이 있고, 영화 속 인물들 앞에는 부산 앞바다와 갈매기가 있을 뿐이다. 끼룩끼룩.

한데 브라운관 속이건, 스크린 속이건 이 두 장면들에는 공통점이 있다. 반드시 한 명이 먼저 와서 기다리고 있다. 약속을 했다면, 동시에 나타날 법도 한데 그런 일은 전혀 없다. 예컨대, 4시 약속이라고 정해놓아도 한 명은 반드시 늦는다. 만나도 서로 인사를 나누는 법도 없다. "어, 왔어?"라고 할 만도 한데, 그런 말은 꺼내지도 않는다. 마치 약속도 없이 왔다는 듯이. 그런데, 의아한 것이 약속 없이 만났다면 "어, 웬일이야. 여기서 보다니!"라고 할 법도 하지만, 그런 말도 않는다. 꽤나 팍팍하다. 도대체 어떻게 만났는지 보는 사람 입장에선 신경이 쓰이지 않을 수 없다. 때론 몹시 궁금해 영화사에 전화를 걸고 싶은 심정이다.

게다가 느와르 영화 쪽이라면, 한 명은 항상 바닷가 앞에서 다른 일을 보고 있다. 주로 이야기를 나누고 있던 부하에게

"혼자 있고 싶다"라고 하면, 갑자기 어디서 알았는지 다른 한 명, 즉 잠재적 배신자가 등장해 상당히 의미심장한 질문을 던진다. 당연히, 이때에도 인사는 안 한다. 정확한 정보도 교환하지 않는다. "니가 죽였냐?", 이런 식의 시원한 질문은 절대 하지 않고 "김 회장은 건강하신가?"라는 식으로 음흉하게 묻는다. 그럼, 영문을 모르는 다른 한 명은 "그걸 왜 나한테 물어?"라는 식으로 대답하고, 상대는 '발뺌하는 거 보니, 이 자식이 확실하군!' 하는 표정을 짓고선 돌아선다. 다음 장면에선 당연히 결투 신. 그러나 헤어질 때도 "다음에 또 만나" 혹은 "다음엔 늦지 마" 같은 인사가 없으니, 나로선 도무지 어떻게 만났는지 궁금해 영화에 집중할 수가 없다.

어느덧 결투 신으로 흘러가 서로 치고박고 싸우더라도 여전히 '누가 먼저 만나자고 했단 말이야?!' 하고 묻고 싶은 심정이다. 대결하다 둘 다 죽어버리면 '말없이 다 죽어버리면 어쩌란 말이야!' 하고 따지고 싶다. 정말 무책임하다.

한강변 대면 신과 부산 앞바다 신만 해도 이렇게 궁금한데, 이런 게 하나 더 늘었다. 왜 그렇게 야구 연습장과 골프 연습장에서 만나는 건가. 그것도 꼭 밤에. 이런 장면이 나올 때마다, 나는 도무지 다음 신으로 넘어가지 못한다. 덫에 걸린 것처럼 계속 그 신에 머물러 외친다.

'도대체 왜 한강이냐고! 그리고, 야구 연습장은, 또… 뭐, 어 쩌라고?!'

부디 충무로가 내 고민을 참작해주길.

소설가의

시나리오 쓰기

　어쩌다 보니 최근에 시나리오를 쓰고 있다. 쓰면서 느끼는 점은 소설과 꽤 비슷하면서 다르다는 것이다. 비슷한 점은 당연히 이야기를 직조한다는 점이다. 이야기를 이루는 두 축을 날실과 씨실이라 하면, 소설과 영화 모두 날실과 씨실을 교차시켜 이야기라는 천을 짜낸다. 소설은 다소 잉여가 있거나, 헐거워도 그것이 매력이 될 수도 있다. 물론, 영화도 그렇게 할 수는 있지만, 상업영화일 경우 투입된 자본과 흥행을 고려해야 한다. 따라서 가급적이면 잉여의 매력은 걷어내야 한다. 분위기를 위해 곳곳에 여백의 미를 심어놓을 수도 있지만, 막대한 자본이 들어간 상업영화에서 실패할지도 모를 여백을 심기란 쉬운 일이 아니다. 물론, 오스카 트로피가 집에 남아돌아 망치로 쓰고 있는 감독이라면 고집할 수도 있다. 그게 아니라면, 상업영화는 자본을 배제한 채 작가 맘대로 이야기를 구상할 수 없다. 자본의 개입으로 말을 하자면 끝이 없으니, 내가 하고팠던 말, 즉 작법의 차이점에 대해서만 쓰겠다.

이런 말은 뭣하지만, 소설은 대사보다는 묘사와 서술을 위한 예술이다. 개인적인 의견이지만, 소설은 대사가 없으면 없을수록 좋다. 일상생활에서 흔히 쓰는 말을 소설에 그대로 옮겨놓으면 소설의 오라Aura가 사라지고, 그렇다고 문학적인 대사만 잔뜩 늘어놓으면 이질감 때문에 페이지를 넘기기 어렵다. 그리하여 가능한 한 묘사와 서술 위주로 이야기를 전개하되, 핵심적인 대사 몇 가지만 놓고 온다는 느낌으로 나는 소설을 쓴다.

그렇지만, 시나리오는 철저히 대사의 산물이다. 물론, 악당에게 주먹질을 하거나, 헤어진 남자의 고환을 걷어차거나, 상사의 우편함에 썩은 우유를 놓는 건 대사 없이 행위로만 보여줄 수 있다. 하지만 사실상 대부분의 장면은 (배우의 독백이나, 해설자의 내레이션이 아니고서는) 대사로 전개해야 한다. 그렇기에 대사의 밀도가 떨어질 수밖에 없다. 소설가들이 시나리오를 쓸 때 범하는 가장 큰 오류가, 소설처럼 밀도 있는 대사를 쓰려다가 영화 자체의 밀도가 너무 높아져 보고 있으면 머리가 터지거나, 근육이 수축될 정도로 긴장하게 된다는 것이다. 내 경우에는 코맥 매카시가 쓴 〈카운슬러〉가 그러했다. 보고 있자니, '아아, 이렇게 모든 대사에 힘을 주면 어쩌잔 말이야'라고 외치고 싶은 심정이었다. 처음부터 끝까지 메타포로 일관된 대사는 그것이 대체 어디에 근거를 두고 있으며, 무엇을 비유하는지 감조차 잡기 어려워진다. 영화는 시간의 예술이다. 소설은 독자가 앞장 뒷장을 스스로 넘기며 생각할 수 있지만, 영화는 냉정하게 정해진 시간대로 흘러간다. 그렇기에 메타포로 점철된 대사가 이어지면, 관객들도 머리를 이리저리 굴리다가 그만 지쳐버리게 된다. 그렇다고 내가 매카시에게 나쁜 감정이 있는 건 아니지만….

여하튼, 이렇다 보니 소설에서는 중요한 묘사와 서술을 시나리오에서는 전부 지문으로 처리하게 된다. 그런데 지문이 지나치게 짧으면, 배우나 투자자가 이해할 수 없게 된다. 반대로 지문을 지나치게 길게 쓰면, 배우나 투자자가 읽을 수 없게 된다. 즉, 시나리오의 지문은 '적당한 어느 정도의 길이'로 설명을 하고 바통을 대사로 넘겨야 한다. 그런데 이 '적당한 어느 정도의 길이'라는 것이 상당히 애매하다. 나는 과연 지문을 어느 정도로 써야 하는가 싶어서 몇몇 감독과 작가들의 시나리오를 구해서 보았는데, 그야말로 천차만별이다. 어떤 감독들은 지문을 상당히 세밀하게 쓰고, 어떤 감독은 '내 맘 알지?'라는 식으로 '스윽스윽' 쓰고 끝내버렸다. 상당히 세밀하게 쓴 경우, 감독과 일면식도 없을지라도 '감독님 마음 알겠어요!'라고 말할 수 있지만, 문제는 읽기가 어렵다는 것이다. 나는 소설가라서 그런지, 일독할 수 없는 글은 생존력이 없다고 여긴다. 그렇기에, 되도록 한 번에 읽을 수 있도록 쓰려고 노력한다. 소설이건, 에세이건, 시나리오건, 마찬가지다. 읽을 수 없는 글은 잘 써진 글이 아니다. 이 생각엔 변함이 없다. 그렇기에 풍부한 지문 덕에 이해는 잘되지만, 대사를 읽기도 전에 지쳐버린다면, 그게 과연 좋은 시나리오일는지는 의문이다. 물론, 시나리오의 목적은 가독성이 아니라 영화 제작에 필요한 설계도를 그려내는 것이지만, 일독조차 어렵다면 과연 어떤 관계자들이 읽어낼 수 있을지 모르겠다.

그렇기에 지문에 '비 내리는 밤'이라고 썼다가, '칠흑 같은 밤, 장대비가 내린다'로 썼다가, '빗방울이 바닥을 치고 올라오는 게 보일 정도로 비가 쏟아지는, 칠흑 같은 밤'이라고 썼다가, 아, 그럼 소리는 어쩌지 하면서 '빗방울이 바닥을 치고 올라오는 것이 눈에 보일 정도로 폭우가 쏟아지는 칠흑 같은 밤, 거센 빗소리가 들린다'라고 쓰게 되는 것이다. 그러다, '아아, 너무 길잖아. 투자가 안 되겠어' 하며 다시 '비 내리는 밤'으로 돌아가게 된다. 물론, 더욱 중요한 것은 대사이지만…, 나는 이런 식으로 몇 주를 탕진해왔다. 그러다, 다음처럼 된다.

Scene# 13. 산길(야외) ― 밤

빗소리가 귓가에 생생하게 들릴 정도로 폭우가 쏟아진다. 그 빗방울이 바닥을 치고 튀어 오르는 게 보인다. 하지만 비를 제외하고는 어떠한 사물도 보이지 않을 정도로 밤은 칠흑처럼 깊다. 이 가운데 주인공 칠두는 비를 맞으며 우뚝 서 있다. 물론, 그의 육체에 떨어져 튕겨져 나가는 빗방울로 인해, 검은 밤의 허공 한가운데 흠뻑 젖은 그의 실루엣이 그려진다. 그 실루엣이 칼을 뽑아내며 말한다.

칠두 : 너를 찾아 30년을 헤맸다. 복수의 칼을 받아라!
　　　단, 최민석의 소설을 사면 살려주겠다!

에세이를 쓰는 이유

내가 에세이를 매주 쓰기 시작한 건 3년 전의 일이다. 당연한 말이지만 그때에는 아무도 읽어주지 않았다. 물론, 지금이라 해서 크게 달라진 건 없다. 하지만, 그때에는 정말이지 '어느 누가 이런 시시콜콜한 글을 읽을까' 하는 두려움과 호기심으로 매번 노트북을 펼쳤다. 역시나 나는 약 1년 정도 독방에 수감된 장기수가 작은 돌로 벽에 날짜를 새기는 심정으로 글을 써나갔는데, 그러다 보니 어느샌가 한두 명씩 독자들이 늘어 내 글을 읽어주었다. '아, 이제 그만 쓸까' 하며 지쳐 있던 찰나에 마침 첩보영화의 마지막 신에 등장하는 경찰처럼 요란하게 등장하여 지지하고, 격려해주었다.

조금 다른 이야기지만, 형사물에서 동료들이 마지막에 사이렌을 시원하게 울리며 등장하지 않는다면, 주인공은 상처투성이가 된 채로 터벅터벅 쓸쓸히 걸어갈 것이다. 그것도 관객의 입장에선 나쁘지 않겠지만, 막상 주인공이 된 입장에서는 고단하기 그지없기에 그때 경찰차를 몰듯이 달려와준 독자들이 몹시 반가웠다. 여하튼, 상황이 이렇게 되다 보니 힘을 내 쓰지 않을 수 없었다. 물론, 그렇다 해서 여태껏 써왔던 사소한 이야기들에서 갑자기 정치·경제·사회·문화 전반에 걸친 통찰과 혜안을 듬뿍 담아 글을 쓰기는 어려웠다. 당연한 말이다. 솔직히 말해, 쓸 수도 없다. 그리하여 나는 다시 한 번 독자들이 '이따위 사소한 글을 읽어줄까' 생각하며 책을 냈는데, 아니나 다를까 역시나 세상은 시시한 이야기에 혁명적으로 관심이 없었다.

물론, 나는 그때 무용한 글의 유용성에 대해 무척 고무되어 있었고, 그 매력에 흠뻑 빠져 있었다. 하지만 시간이 지날수록 차차 그 강렬한 매력의 색채는 햇볕에 퇴색되듯 서서히 옅어져갔다. 그러다가 '아, 이제 이 무용한 일을 그만둬볼까'라고 생각했을 즈음, 한 매체로부터 청탁을 받았다. 계약 기간을 1년으로 정했으니, 한 해 동안은 영락없이 일주일에 한 번씩

책상 앞으로 돌아와 끙끙대며 문자를 모니터 위에 쏟아내야 했다. 때로는 머리를 아스팔트 위에 쿵쿵 박고 싶을 정도로 소재가 떠오르지 않았지만, 글을 쓰고 난 후의 기분은 호흡이 긴 달리기를 마쳤을 때처럼 상쾌했다. '음. 역시 달리고 나니까 좋잖아' 하는 느낌의 감정이 내 몸에 보이지 않게 착 달라붙었다. '역시, 글은 쓰고 나면 좋다.'

그리하여 나는 소설을 쓰지 않을 때는 물론, 단편과 장편소설을 쓰는 사이에도 틈틈이 시간을 내어 에세이를 매주 꼬박꼬박 썼다. 그러다 보니 내 몸은 어느새 에세이를 쓰지 않는 걸 견딜 수 없게 돼버렸다. 마치 기초 체력 운동을 하지 않으면 몸에 군살이 덕지덕지 붙는 걸 참지 못하는 운동선수처럼 말이다. 물론, 몸의 외관이 그렇다는 것이 아니라, 몸의 리듬을 말하는 것이다. 일어나면 밥을 먹고, 산책을 하고, 호흡을 한다. 그리고 글을 한 편 쓴다. 이것이 생활의 당연한 기본 전제처럼 되어버려 이제 와서 '과연 에세이를 쓰는 데 무슨 특별한 이유가 있을까' 따위의 고민 같은 건 하지 않게 돼버렸다. 그러니까, 짧은 길이의 에세이를 정기적으로 꾸준히 쓴다는 것은 거창한 구실도, 명백한 목표도, 특별한 바람도 없는 '그저 글을 업으로 삼고 살아가는 사람의 문자적 호흡' 같은 것이다. 그 어떤 특별한 설명도, 목적도 필요 없다. 단지 내가 살아가고 있기 때문에, 나는 경험을 하고, 나는 그 경험을 통해 생각을 하고, 그 생각이 내 손가락을 움직이게 하는 것이다.

연재를 마치기에, 이제 지면을 통해 에세이를 꾸준히 발표할 일은 없을지도 모른다. 하지만, 그런 것과는 상관없이 나는 또 어디선가 하얗게 빈 종이와 펜을 꺼내들고 자리를 잡을지 모른다. 마감이 없는 날에도 노트북을 넣은 가방을 메고 거리를 헤매다, 언제라도 어디서라도 글을 쓸 준비를 하고 다닐지도 모른다. 어느 카페에서, 어느 타국에서, 어느 섬에서, 어느 산골에서 또 손가락을 움직이며 공개되지 않을 기록을 쌓아둘지도 모를 일이다.

지난해 '앞으로 단언은 하지 않겠다'고 결심했기에 이렇게 썼을 뿐이지, 이렇게 지낼 가능성은 상당히 짙다. 작가가 가장 만족스러운 시간을 보낼 때는, 그 누구도 부탁하지 않은 글을 위해 스스로 건 최면에 취해 손가락을 움직일 때라는 걸, 나는 경험칙으로 잘 알고 있다.

후기

— 즐겁게 산다는 것

1권 후기에 '나는 외로움을 잊기 위해 글을 썼다' 했는데, 어느 정도 맞는 말이다. '어느 정도'라는 단서에서 짐작했겠지만, 단지 외로움 때문만은 아니었다. 좀 더 근원적인 이유는 따로 있다. 그건 바로 '내가 즐겁게 살기 위해서' 글을 썼다는 것이다.

7년 전 어느 추운 겨울 날, 상사의 집에 불을 지르지 않는 한 퇴사당할 일이 없는 한 명의 직장인이 사표를 내고, 골방에 처박혀 글을 쓰기 시작했다. 월급이 뚝 끊겨버리고, 내일이 그려지지 않는 상황이 '어째서 즐겁게 사는 것이냐?' 묻는다면, 오로지 글 쓰는 시간 자체가 즐거웠기 때문이라 대답할 수밖에 없다. 이 책을 쓰는 동안, 대부분 즐거웠다. 물론 에세이 쓰기 역시 하나의 현실이라, 벅찰 때가 있다. 하지만, 이 역시 '고통이 수반된 즐거움'이었다. 땀 흘리고 난 뒤에 맞이하는 산들바람처럼, 글쓰기의 고통은 겪어보지 못한 사람에게는 알 수 없는 피학적 쾌감을 선사한다.

하여, 나는 잘돼봐야 고작 평범하게 지낼 수 있는 '작가의 길'을 택했다. 현실의 높은 장벽은 생각하지 않았다. 대신 스스로 만족할 수 있는 글을 얻기 위해 쉼표를 없애고, 조사를 바꾸고, 단어를 고르는 일 자체에 몰두했다. 그것은 내게 고통이자 기쁨이었는데, 나는 이 고통 섞인 기쁨에 젖어 7년 전의 그 겨울부터 이 책을 쓴 날까지 즐겁게 지냈다. 부디 여러분에게도 내가 느낀 기쁨이 전해졌길.

이후엔 생활이 조금씩 바뀌었다. 어느덧 나도 가정을 꾸리게 됐고, 한 아이의 아빠가 됐고, 당연한 말이지만 현실의 무게가 늘었다. 그렇다 해서 내 생각이 크게 바뀌진 않았다. 나는 '즐겁게 살기 위해서' 현재 처한 상황에서 여러 노력을 하고 있다. 시간을 쪼개어 글을 쓰고, 공기 좋은 날 수건을 노릇

노릇 구을 듯 내리쬐는 햇빛을 즐기고, 종종 노천카페에서 선글라스를 끼고 마음 통하는 사람과 수다도 떤다. 살아가는 동안, 한 명의 인간으로서, 한 명의 작가로서 해야 할 의무와 책임은 계속 늘어가겠지만, 그럼에도 '즐겁게 살아간다는 것'은 결코 잊지 말아야 할 내 생각의 뿌리다.

1, 2권을 함께 출간하며, '6년 전에 쓴 글(1권)'과 '3년 전에 쓴 글(2권)'을 동시에 퇴고했다. 그사이 많은 변화가 있었다. 독자도 달라졌고, 세상도 달라졌고, 내 생활 조건도 변했다. 무엇보다, 내가 교통사고로 죽음 문턱 가까이 다가간 후로 어느 정도 삶을 진지하게 바라보게 됐다.■ 시간과 사람이 소중하게 느껴졌다. 제일 큰 변화는 '내가 즐겁게 살기 위해 남에게 상처 주는 것이 무엇보다 싫어졌다'는 것이다. 간단한 말 같지만, 아니다. 작가로 살아가다 보면, 경험한 것을 솔직하게 적는 것이 가장 큰 무기인데, 그러다 보면 상처 받는 사람이 생기기 마련이다(나라는 인간의 생각이 아직 못났기 때문이다). 하여, 예전에 쓴 글 중 꽤 많은 것을 책에 싣지 않았다. 예전 원고를 보며 스스로 부족함을 많이 느꼈다. 그럼에도, 아직 몇몇 원고

■   걱정 마세요. 완쾌했어요.

는 포기하지 못해 실었다. 고로 다시 말하지만, 제주도 민박집 주인에겐 여전히 미안한 마음뿐이다. 부디 이 책이 그저 내가 먹고 살 정도로만 팔려서 그가 읽지 않길 바랄 뿐이다(만약 읽게 된다면, 3권에서는 그 숙소에 재차 방문한 후, 장점에 대해서만 세 편 이상의 글을 쓸 작정이다. 사죄의 의미로).

살다보니 점차 삶의 아픈 면이 보인다. 게다가 내게도 어느덧 흰머리가 하나씩 생길수록 '유머의 모발(이란 게 있다면, 이 소중한 것)'이 하나씩 줄어가는 기분이다. 하여 요즘 바라는 것은 기왕 유머의 모발이 줄어간다면, 웃음의 대가로 상처를 치러야 했던 뾰족한 유머의 모발이 줄어가는 것이다. 대신 나와 당신이 함께 즐겁게 살 수 있는 유머의 모발은 천천히 줄어길 바란다. 그때까지 열심히 쓸 테니, 짝사랑 상대가 마음을 받아줘 당장 달려가야 하는 상황만 아니라면 부디 서점에서 내 책을 그냥 지나치지 말아주길.

나 혼자만 즐겁게 살면 눈치 보여서 하는 말인데, 내가 즐거우니 기왕이면 여러분도 즐겁게 살기 바란다. 나 혼자만 즐거우면 외로워지니까. 그나저나, 내 기쁨을 고약하게 날려버리는 것이 있는데, 그것은 바로 증오다. 증오 섞인 글이나, 주장을 볼 때마다 원고에 집중할 수 없을 만큼 흔들린다. 내가 이 땅에 바라는 것은 아름다운 자연경관도, 멋진 건물도, 우아한 패션의 유행도 아니다. 바라는 것은 이 모든 것이 없더라도, 그 자리에 건강하고 건전한 생각을 가지고, 절제되고 품위 있는 행동을 하는 사람이 있는 것이다. 그렇기에 나도 그런 사람들이 읽을 만한 글을 쓰려 조금씩 더 노력하고 있다.

러브 앤 피스.

2017. 9. 10. 최민석

꽈배기의 멋

2017년 10월 28일 초판 1쇄 발행
2024년 7월 1일 초판 3쇄 발행

지은이   최민석
펴낸이   김은경
펴낸곳   ㈜북스톤
주소   서울특별시 성동구 성수이로7길 30, 2층
대표전화 02-6463-7000
팩스   02-6499-1706
이메일   info@book-stone.co.kr
출판등록 2015년 1월 2일 제 2018-000078호

ⓒ 최민석(저작권자와 맺은 특약에 따라 검인을 생략합니다)

ISBN   979-11-87289-25-8 (04810)
             979-11-87289-23-4 (SET)

북스톤은 세상에 오래 남는 책을 만들고자 합니다. 이에 동참을 원하는 독자 여러분의 아이디어와 원고를 기다리고 있습니다. 책으로 엮기를 원하는 기획이나 원고가 있으신 분은 연락처와 함께 이메일 info@book-stone.co.kr로 보내주세요. 돌에 새기듯, 오래 남는 지혜를 전하는 데 힘쓰겠습니다.